글 한줄에 마음을 담아

꿈을 꾸어야,
아침이 찾아든다
우리의 밤은 가장 밝은 어둠이다.
서덕인

그냥이라는 말의 아래에는
아직 감각이었던 존재들이 남아 있을까

쉽게 쓰고 있는
잃나는 그림처럼.
유창민

"너는 항상 푸르러라"

그렇게 나는 바다가 되었다.

김수성

꽃은 피어도 소리가 없다

『밤마다 뭇별로 그리움이 옮았네』

이충호

중앙대학교에서 정치국제학을 공부하며
시 쓰기에 도전하게 되었다.

2년 간 주간 메일링 문학 구독 서비스 '시편 배달부'를 운영하며
수십 명의 독자와, '좋은 시'를 되새김질한 경험을 바탕으로
첫 시「별을 낚는 사람을 위한 지침서」를 세상에 내어놓았다.
이후 하루를 느끼고 생각한 감정을 바탕으로 시를 써나가고 있다.

더 많은 사람이 시를 사랑했으면 하는 마음으로 이번 책에는,
'보편적이고도 개인적인 그리움'을 주제로 하는
스물다섯 편의 시를 담았다.

instagram   @letter_from_ch
email   chgood02@naver.com

『공백』

서덕인

시작은 단순한 궁금증이었습니다.

우연으로 이 세상에 태어나

하루가 지날수록 죽음에 가까워지고

길다면 길고 짧다면 짧을

함수 위를 한없이 걸어가는 이유가 무엇일까?

우리의 삶이 결말이 정해진 이야기이고

결말을 향해 한없이 가까워지고 있다면

삶을 미분한 이 순간을 이해한다면

'살아감'이 무엇인지 알 수 있지 않을까?

우리가 인지하는 순간은 이미 과거가 되었는데

내가 바라볼 수 있는 세계를 어떻게 관측할 것인가?

그에 대한 나의 답이 되어줄 찰나의 언어들,

단지 하나의 이야기일 뿐인 것들이

당신의 순간에 스쳐,

무한한 가능성 중 하나의 접점이 된다면

사라질지언정 잊힐 리는 없겠죠.

instagram   @ mr.seo_0223
email   aog112@naver.com

『산다와 삶 사이』

최영준

삶의 이유가 목표였을지도 모르겠습니다.
보편적인 풀이를 사랑하는 만큼
색다른 풀이를 사랑해
얌전함과 호전성은 동거를 하나 봅니다.
회계학을 공부하다 군 복무 때 글을 쓸 때
해방감을 느껴 철학을 공부했습니다.
그럼에도 목표는 잘 있으니 다행이네요.
삶에 도달하면 여름의 눈처럼 사라지겠지만
그때는 세상에 대한 갈망이 흐르겠죠.

threads   @chldw138
brunch   brunch.co.kr/@6eef1058f57b468
email   chldw138@naver.com

『하루살이 남자의 이야기』

유상민

누군가 제게 말했습니다
오랜만에 울어봤다고

나는 누구일까부터
당신에게 다가가기까지

천천히 그리고 빠르게
다시금 나로 되돌아옵니다

내가 살아온 삶도 내게 남은 날도
얼마 남지 않았지만

당신보다 하루만 더 살고 싶습니다.

instagram   @yooliou
email   marty1311@naver.com

『슬픔은 차오르고 우울은 쏟아져 내렸습니다』

강우성

나를 사랑하는 법을 몰랐기에
누군가를 온전히 사랑하기엔 쉽지 않았습니다.
전하지 못한 말들은 나 혼자 간직한 편지가 되었고
어느새 바래진 일기가 되어갑니다.

이제 나의 모든 것들을 인정하고 수용하며
한 줌의 햇살과 온기를 내어주는 법을 알았으며
누구나 쉬어갈 수 있지만, 그 자체로 애정하여
넘실거리는 에메랄드빛 바다가 되어
나의 행복을 나누며 사랑하겠습니다.

instagram   @fortogeul
email   by2you2@naver.com

『밤마다 뭇별로 그리움이 옮았네』

삶이 지나간 자리에는 흔적이 남습니다.
이걸 그리움이라고 이름 붙여 노트 한켠에 남겨두었습니다.

사랑하는 세상에서 살아가고 있습니다.
한 해를 더 살아낸다는 건
그리워할 일이 늘어간다는 말이고,
그 사이에 마음은 훌쩍 깊어갑니다.

가을이 왔습니다.
어쩌면 겨울일지도 모르겠습니다.
안녕하신가요.
우리는 잘 지내고 있을 것입니다.

시인 이충호

약손

좋다고 말하면 좋아지곤 했다
엄마 손은 약손이라는 말을 믿는
당신은 이마를 천천히 쓸어내려
주기도 했다

편지를 주고받으며 시간을 늘이면
나는 말꼬리에 당신은 첫머리에
보고 싶다는 말을 덧붙이고
그건 마치 비밀스러운 사인이었다
누구도 하루를 뽐내지는 않는다

그해 여름에는 오랫동안 감기에 시달렸다
한밤중 자다가도 깨는 일을 반복하며
묵은 기침이 목에 자꾸만 걸렸다
당신은 뱉지만 말고 참아보라며
토해내는 게 도움이 되지 않는 일도
있다며 등을 두드려 주었다
입으로 희미한 신음이 새어 나왔다

잔기침이 잦아지고 나서도 종종
편지를 썼다 기침을 참던 밤처럼
명명한 말을 눌러 담았다
알고 있는 감정의 이름들을 토하지는 않았다

다만 첫 두세 글자를 천천히
쓰다듬어 보기도 했다

좋다고 말하며 좋아지고 있다

오늘의 날씨

첫머리는 반드시
계절을 관찰하거나
날씨의 안부를 묻는 게 좋았다

지난봄이 선명하다고
햇살의 길목에서 반짝이고 있다고
조용한 빗소리가 코끝을 간질인다고
말하곤 했다
그러지 않고는 시작할 수 없는 말도 있었다

일기를 쓰기 시작했을 무렵
밤마다 날씨를 골랐다
아침의 기억을 더듬어
하늘의 기분을 살폈다

맑음 흐림 쨍쨍 눈 아니면 비

때문은 일기장을 들춰보지 않게 된 후에도
하늘을 살피는 버릇이 들어
표현할 수 있는 날이 늘어갔다

달이 뜰 때나
바람이 불 때

일기예보를 점칠 때마다

기억에 남는 장면이 되어
눈앞을 둥실거렸다

달밤 블루스

당신을 보려면 불을 꺼야 하는 밤이 있다
보름달이 마음에 가득하다
말했고, 망월이라 들었다

일기예보는 언제나 달의 생김새를 예고하고
대비하라는 일순의 경고와 같았다
보름달이 뜨면
불쑥

당신 생각이 난다

옛 시대의 어느 정갈한 선비는
보름달이 뜨면 창을 닫지 않았다고 한다
반딧불이 날아다니는 새벽에도
눈이 함뿍 내린 겨울밤에도
들어오는 빛줄기를 두 손에 모았다
지극한 마음에는 비치는 것들이 있다

마음에 어리는 밤 풍경을 생각하다 보면
다시 돌아 보름달이 된다

달이 해쓱하게 야위는 건
그만큼은 생각하지 말라는 전언이고

언제나처럼 배가 부르는 건
그리워할 시간이 돌아왔다는 말이다

달이 가득 차고 있다
보름이다
둥글게 빚은 초상에 당신 얼굴이 겹친다

천백오십오 킬로미터

일 년의 360일을 그리워한다던 친구는
항상 일기예보를 두 번씩 보고
도쿄에도 눈이 오나요
어제는 우박이 나렸는데

이국의 대재앙을 예고하는
뉴스 헤드라인을 보며
요즘 날씨 참 이상해
말하곤 할 때

백 년만의 여름이
계절 틈새로 새어 나오고
대륙 한가운데로 펑펑
폭설이 기록된 새벽

북극곰의 귀가 조금씩 옅어지는 소리가 난다
푸른 행성이 녹고 있다고 말하면
우리는 섞이고 녹아들며
무언가로 나아가고 있다

적도 열대의 어느 땅에는 기록적인 더위가
찾아왔다고 한다 그럼에도
그리워할 날이 줄어들진 않았다

사랑의 증명

뭍 계절 견디고 다시 빛을 본
옷가지 모아둔 먼지 털다 보면
꼬깃한 영수증 하나
주머니 틈으로 데구르 굴러나오곤 합니다

아무리 시간 지나도 세월 증명하는 그 조각이
두어 글자 지워지고 뭉개져 떠도는 그 조각이
낡은 그대 생각 닮은 일
한참 후에 알게 되었지마는
영속적인 텍스트의 휘발성에
마음 한 뼘 아려온 일은 오래입니다

오래된 영수증 같은 사랑을 하고
붉은 글씨로 남긴 시점들의 추억을 하고
지금도 가계부는 곧잘 쓰지 못하지마는
거스름돈 같은 추억 부스러기로 빈 곳에 끄적입니다

그대 기억은 자꾸만 구겨지고
낡아만 가고 녹아든 기억에
옭혀들어 추억 서려 있는 나만이

사랑을 증명하는 명세서인가 봅니다

타임머신

따르릉은 때때로 밤이 넘고 나서야 울린다
그 사이에
기다리는 수신음을 움켜쥐고 체온을 덥히는 사람이 있다

한 칸짜리 전화부스에서는
목소리가 울리는 것 같다
전부 귀를 막고 외치는
메아리 같아서

동전을 넣은 다음
누군가의 번호를 누르고
통화연결음 뒤로 따라오는 목소리

아름다운 것들은 뒤에 온다
아아 애달픈 나의 사람아

우리의 아날로그적 전기신호는
귓속말 같다 신호음을 해석하는 일련의 과정
수신음이 길어질 때마다 쌓여갔다 덜컥
흩먼지 같은 작은 귀엣말
오직 한 사람에게만 들리는 순간이었다

아름다운 것들이

불쑥 다가오는 때에는
귓바퀴에 맴돌던 작은 소란이
떠나지 않는 메아리로 울린다

낭만주의

더는 낭만적이지 않은 우리가
낭만주의 소곡을 들으며 말한다
사랑은 더는 낭만적이지 않은 것 같아
사랑을 사랑하지 않게 되어버린 네가
케잌을 두어 숟갈 떠먹고 있는 내게
말한다

팔꿈치에 머리를 살짝 내려놓고
이제는 소파에 반쯤 기대고 누운 너는
무어가 낭만인가에 대해 말한다

비 오는 날은 확실하지
축축한 소파는 싫어하는 네가 산책을 마친
레오의 기분으로 말한다 처진 귀를 바짝 터는
시늉을 하며
잘못 밟은 웅덩이
가끔 잊어버리는 우산
어제는 어땠는데
날이 참 좋았잖아

비 오지 않는 날이 참 좋더라
그늘을 비집고 틈을 내는 햇살
온종일 하늘을 쏘다니는 구름

하나라도 많이 비눗방울을 잡으려던 모습
냉장고 귀퉁이에 붙어있는데
다음 주에는 가장 큰 보름달이 뜬다고 해

낭만에 대하여 말하는
우리는 더는 낭만적이지 않고
피아노 소음과 쇼트 케잌과
마냥 달지만은 않은
무드에 고개를 끄덕이거나
발끝으로 세로줄을 긋거나

안부인사

닮았다
는 말을
듣고 또 들으며

하나의 세계로 굴러다니던
너와 나는
외접하는 세상이 되었다

시간은 한 뼘씩 줄어들며
일점으로 만나지 못할 때까지

사람은 사랑이 되기도
사랑이 사람이 되기도 하는

안부를 썼다 지운다
차마 남이라는 말은 하지 못했다

봄꽃 노래

봄은 노랗게 피어서
하얗게 향기를 남기고 간대요

어느새 여름이 성큼 다가와서
짧은 봄이 참말로 아쉬워서

노오란 꽃잎 화관
우리 엄마 고운 머릿결에 장식하고
하이얀 풀꽃 반지
우리 동생 막내손가락에 둘러주고

우리 가족 모여앉아
올봄도 참 좋았다고 재잘거려요

바다마을 다이어리

당신은 창문 너머 바닷빛을 좋아하셨다
아가
바다는 다 기억한단다

새벽녘 뱃고동소리는
이른 아침 물빛 소라 껍데기 입에 물고
바람을 빌려 오던 아이의 노래
깨진 틈새로 비져나온 휘파람
파도의 박자가 되어 흐른다

아이가 쏘아 올린 폭죽
낡은 화약내 돋는 모래사장
올곧은 사랑의 재가 흩날리고
꿈결에 남에 비추며 알록달록
물결의 잔향으로 남아 맴돈다

바다를 사랑한다는 말은
바다의 기억을 찾는 시간
묻어 놓은 순간은 파도에 휩쓸리고
부서지고 스며 토청색 물살
흐드러진 해당화 피어난다

추억을 조망하는 창문 앞 흔들의자

당신의 자리에 앉아
바스락대는 옛이야기
갈매기 댓 마리 다리에 묶어 날려 보낸다

꽃다발

화분은 모른다 씨앗의 색을
모른다 씨앗이 틔울 잎의 개수를
모른다 잎을 비집고 자리 잡을 꽃의 형태를
몸 없는 얼굴의 미소를

꽃은 모른다 화분의 꿈을
모른다 오래된 화분의 금 간 자리를
모른다 매선 회오리바람과 모진 비를
얼굴 없는 몸의 발길질을

떨어진다 꽃잎이
다시 꽃 틔울 자리로 꽃잎이
한껏 뽐낸 줄기의 그림자로 꽃잎이
떨어진다

떨어지는 꽃잎이
화분의 머리맡에 입술에
발치에 때론 금 간
모서리에
상처 난 화분의 깨진 마음을
매만지며
우연히 조용히 차분히

낙화에 젖은 화분 화사한 꽃다발이 되고

썩 잘 어울리는 한 쌍이다

빨래

옥상에 나가 빨래를 말린다
젖은 수건을 두 번 털어
말리는 건 오래된 습관이다

구김살 하나 없이 살아온
나는 당신의 청소를 배웠고 생활은
어설프게 반듯이 옷장에 넣어 두었다

집주인 내외가 십수 년을 쓴
빨랫줄은 드문하게 색이 바래있다
제 짝을 잃은 양말이 걸려있기도 하다

젖은 수건을 말린다
구태여 두 번 탁탁 털어 너는 건
언젠가 배운 닮은 습관
그럴 때마다 살점이
알알이 날아가 박힌다

밤마다 뭇별로 그리움이 옮는다

눈먼 입맞춤

베풀며 살라는 어른들의 옛 가르침에
든든한 버팀목 되어보고자 낯선 돋움

살포시 내어주던 어깨
흔쾌히 비워주던 등
간이역 오래된 벤치로 낡아갔다

내어줄 수 있어도
기댈 줄 몰라

잠시 꺼내 둔 마음은
일회용 티슈처럼 구겨지고
찾지 않는 닳고 닳은 모서리
쓸모를 공유할 수 없어
반질한 면면 탁탁 털고 떠나간다

그제서야 알게 된 사람의 의미
서로 기울여 맞대지 않고는
모두 침전하고 말 관계
그 관계를 알기에
굽은 등을 펴

오늘도 눈먼 입맞춤을 준비한다

명도의 사랑

화면에는 중절모 신사가 걸어가고
세상은 공장의 톱니 속으로
철커럭 툭, 제 몸 감아 돌아가는 필름
타버린 조각 뛰어넘는 신사의 지팡이
끝으로 온갖 색 빨려들어 흑백의 세상
열린다

열세 번째 여행에서 마주친
오래된 시멘트 냄새나던 간이 극장 우연히
러닝타임은 소리 없이 흐르고
감기다 만 필름 한참 바라보던 당신은
그게 제 세상 닮았다 한숨 흘렸다

들리지 않는 목소리 없는 말과
전해지지 않는 색 없는 감정과
닳고 마모되고 가라앉아버린

컨베이어 벨트 위에서 뱅뱅 돌며
바라본 하늘이라던가
강철을 먹고 사는 기계에 잡아먹힌
노동자 외마디 비명이라던가
필름 마디로 세긴 주홍글씨 있겠지만
그곳엔 색도 소리도 없었다

고요하고 차분한 결핍의 세계

그런 세계에서 정반대로 마주 앉아

색을 버린 너에게 그렇다면
빛을 줄게
웃음을 잃은 너에게
그렇다면
미소를 줄게

너나들이

우리의 사업은
빛바랜 조각보를 기우는 일

이제는 쉬이 떠올릴 수 없을
꽹과리치는 폭죽 소리
코를 찌르는 바다 내음
카메라로 훑으며 식도를
타고 내려간 덩어리의 맛

넷이었나 아니 셋이었을지도
모를 싱싱한 생의 비행과 헤엄과 걸음
갓 걸음마를 뗀 날갯짓에도 계절은 흐르고
아니 계절 같은 건 사소한 일
여름 바다와 겨울 바다의 구분은 어려운 일
어차피 우리 기억으로 설화를 남길 수다는 가없으니
너나들이하던 시절을 입 맞춰

그땐 그랬지
가장 먼저 어른이 된 그의 식탁에
둘러앉아 위스키를 흔들고 고기를 굽고 탕 아니면 국을 끓여
입가심하고 혓바닥으로 손가락으로
네가 이러쿵 내가 저러쿵 엉기정기 펼쳐놓고
우리의 사업은 빛바랜 조각보를 기우는 일

꿈의 해체에서 벗어나
그땐 그랬던 행복을 조립하는 일

자취방의 꿈

가만히 누워 바라보면
압사할 듯한 천장에
손끝을 물어 별을 그리는 업을 선고받았다
우리는

별을 그리는 일은 머리맡이
하늘이 아님에 순응하는 일

꿈에 질식할까 삐걱대는 침대
프레임을 버리고 매트리스의 품으로
웅크리고 잠영하면서도

우리는 곧잘
천장 너머 하늘로 손을 뻗는 꿈을 꿨고
잠꼬대하듯 별을 세며
허리춤에 두른 이불이 나부꼈다

아로새긴 별은 갈수록 늘고
자줏빛 끝이 오기 전에
충고를 높여야 해 한 꺼풀 들춰보면

쪽빛 포토그래프
핏빛 압정 물빛 액면의 수열

하늘도 끝 갈 날이 있겠지만
천장을 들이받으면 온몸이 저리겠지만

홀로 우뚝 선 사람의 꿈이
몇 층이나 높아질 수 있는지 헤아려본다

울음을 배웠네

세상 아픈 곳으로 마음이 쏠리는
어린 나의 친구는
꽃이 뜨고 별이 질 때마다
하루씩 우는 날을 더한다고 말했네

못다 핀 사랑의 말
신발 밑창에 짓이긴 낙엽
후미진 골목길의 낡은 낙서

세상일이 썩 뭉클하다고 말했네

엉엉
반드시 소리를 내뱉어야 한다고
곡과 곡 사이에서 헐떡이더라도
설교하듯 다그쳤네 울어버리라고

마음 한편이 시려올 때나
날씨가 눈부시게 선명할 때
별똥별이 평행선을 그리며 떨어질 때

뻐꾹새 뻐꾹거리고
개구리 개골거리고
엉엉

우리는 그렇게 울어야 한다네

가을의 목전까지 노래한다는 매미는
친구를 닮았네
나는 친구에게 울음을 배웠네

우리가 신호를 기다리는 동안

단상 끝에서 마이크를 쥐고 있는 사람은
조경이 중요한 문제라고
들릴 듯 말 듯 외치며 굴러간다

성냥갑처럼 틈틈이 쌓인 아파트와
잘 깎은 연필심 같은 전신주
자를 대고 그려놓은 듯한 사거리에는
네모나게 걸어 다니는 것들이 사열 종대로
차례를 기다리고
무거운 짐을 진 오토바이 몇 대가
요리조리 빈칸을 찾아 지나간다
두 발로 걷게 된 우리는 많은 것을 생략합니다

질서 정연한 나의 고장은 가로수를 각지게
꾸미는 것을 퍽 좋아한다

하나의 블록에 편입되는 나무들
그늘은 이제 도로의 끝과 이어진다
네온사인 같은 햇살은 기다리는 네발 동물에게
가야만 하는 길을 안내한다
우리가 공상 같은 수다를 떨 때면
삼십 초 정도의 시간이 지나고
기다리는 시간은 전광판에 표시하지 않습니다

붉게 상기한 몸이 굳어있던 팔을 휘적이면
비로소 횡단은 허락된다
우리는 언제나 서른 발자국이면 길을 다 건너고 만다

우체통에는 요정님이 살아요

머리가 반쯤 벗겨진
우체통 앞에 서서
돋움발로 빈틈을 훔쳐봅니다

어둔 틈새로 그 사람 안부
기다리다 보면
그 안에 오랜 친구 소식과 푸근한 홀아비의 사랑
이국의 수염 할아버지 선물 보따리를 기다리는 어린 마음

사연을 포장하고 발송하는 마법이 있습니다

옛적에는
요정님이 편지를 보내준다는 이야기
요정님은 세상 모든 편지를 기억한다고
편지에는 가장 고운 말을 담습니다

밤마다 새벽마다
우체통 공장 안은 북적거립니다
받는 사람 없는 누런 편지지
주소를 잘못 적은 서툰 편지봉투
철없는 아이가 삐뚤빼뚤 그린 우표
오고갈 데 없는 편지를 들고 허둥거리기도 한답니다

그러면서도 언제나
이런저런 사연이 차례를 기다리고 있습니다

걷다가 오래된 우체통을 보는 날이면
괜스레 눈을 맞춰 봅니다
그곳에는 곤히 자는 요정님이 있고
수북이 쌓인 우리 마음이 있고
주인을 애타게 기다리는 말과 표현이
또 누군가를 찾아가고 있습니다

마음창

이름 세 글자 적어 넣고
프로필을 생성합니다
별명이나 특수문자 조합도 괜찮습니다

시작은 텅 빈 배경을 채우는 일

다채로운 키워드로 기운 자기소개
색다른 형태의 사진 꾸러미
알록달록한 상상을 골고루 칠한 뒤

계절감을 챙기는 것도 잊지 않고
새벽 한 두시 맑은 공기
오후 두 세시 햇살 품어

잘 가꾼 미소를 드러내는 일

마지막은 오늘의 플레이 리스트
꽃 한 송이로 장식도 괜찮은 흔적입니다

남은 날들을 설정하면
두 눈 꼭 감은 카운트다운 시작
완성된 작품을 다시 한번 검토하고

행동은 잘 공감되지 않습니다
생각은 잘 눈에 띄지 않습니다

마음을 프로필에 넣어주세요

꽃비 내린 날

간밤엔 꽃비가 내렸습니다

봄 닮은 것이 하늘하늘 내려
슬쩍 적시는 봄비에도 자리지키던
꽃잎 송이송이 제 스스로
꽃비 되어 내린 일은
새벽이슬 혼자 본 비밀입니다

꽃이 내린다니 참 우스운 말이지만
위로 자랐으니 아래로 끌리는 까닭입니다

내린 눈은 손때 묻은 눈사람 되고
내린 비는 하늘 담은 거울 되는데
새하얀 저 꽃잎은
무엇 되려 저리 소복이 내렸을까요

간밤에 봄비가 꽃비로 녹아든 일은
실눈 같은 초생달 혼자 들은 비밀입니다만

잔향이 남아 코 간질이는 일은
누구의 속삭임일까요

눈사람 무덤

찬 바람 늦장 부리는 이른 새벽
뒷산 초지에 눈사람을 묻고 왔습니다
뾰족 당근 코를 부러트리고
단추 두 알 떼어 챙기고
모종삽으로 봄기운 가득 퍼
앙상한 나뭇가지 손가락 위로 이불 덮고
지난겨울 둘러줬던 목도리가 나부낍니다

사람들은 왜 눈사람을 묻느냐 물었습니다

봄에는 눈사람의 자리가 없습니다
가져갈 수 없는 것들이 있습니다
양 볼을 에던 날선 바람과
주머니 속 두 손의 온기
눈사람 두 덩이 굴리며 재잘거리던 아이들
웃음과 눈빛
희망이라 불리지 못한 온갖 아름다움

유통기한이 다 된 눈사람 웅덩이지고
봄으로 나아가는 발자국 그 위로
찰박입니다

나는 유령들과 밤새도록 춤췄네

있습니까, 없습니다
있는 것들의 없음과 없는 것들의
존재
존재는 사라짐을 보증합니까, 사라짐은
온통 아픔인 세상에서
세상의 아픔에서 영원한 유령들을
생각합니다 잡을 수 없는 허연 레이스
그림자는 나에게만
드리워 있습니다 혹은
나의 그림자입니까 아래로
숨습니다 유령들은
테이블 아래로 침대 밑으로
테이블보를 두르고
들춰보면 사라질 것입니다

발없는 유령과 말 없는 그림자가
한 쌍이듯 공백은
존재를 담보하고
밤새도록 춤을 춥니다
해뜰참까지 곁을 지키는 유령과

아침 체조에선 날갯짓 연습을 한다

오두막 방에 홀로 누여
떨어진 팔 근처가 간질인다

밤이 내리면 사람들 저마다 날개 펴고
토끼풀 꽃 신발끈 꽉 묶어
지투른 바람 노르스름한 별의 간격으로

낯선 미소들 느린 춤을 춘다
창틈 새로 손짓 내려와 몸을 일으킨다

오늘 밤도 겨드랑이가 쑤시고
내일은 아침 체조에 나가 날갯짓 연습
그리고 해가 뜨니 날개 펼 준비를 하자

계절앓이

그리움이 창을 두드릴 때마다
뚝뚝
가을 묻어나는 소리
들어올 때에만 노크를 하는 사람들
안타깝지만 집은 미닫이문으로만
지어진다
밀어도 열리지 않는 문과
누르면 소리가 나는 초인종
무더위의 기를 죽이면 찾아오는 손님이 있다
기다리는 것들은 현관문 앞으로 도착하는데

여름이 채 끝나기 전부터 계절을 앓는 건
단지 마당에 드리운 그늘이 어른대서 하필
안부가 찬 바람으로 넘어오는 중에는
온갖 유령들이 햇기없이 두런거리고 있기 때문이다
기다리는 시간 동안 시선은 창밖을 향한다

커튼도 없고 벽난로에 땔감을 먹이지 않고도 거실에 오도
카니
서서 햇살을 기다리는 동안에는
발밑으로 두려움도 숨는다

정오가 지나면 광원을 마당으로 연장하고

이제 그리움은 현관 앞을 서성인다
그가 짊어진 배낭이 한가득이다
얼마 동안 문간을 상상하고
가을은 생각이 많아지는 계절이던가

그리움이 문을 두드릴 때면
창을 열어 두어야만 한다

『공백』

무슨 연유로 세상에 태어나
무엇을 위해 숨을 내뱉는지
그 답을 고민할 순간도 없이
하루가 지나고
다시 제자리로 돌아오는 시곗바늘

무의미하다 느껴질 정도로
겹겹이 쌓인 시간은 윤회하지만
오늘도 하루를 살아가기 위해
날숨처럼, 때론 한숨처럼 뱉어낸 언어와 문장
그 끝을 장식할 새로운 계절

시인 서덕인

꽃가루 알레르기

꽃밭에 바람이 누구의 소원을 실어 가는지
태어났을 때의 감각을
다시금 느껴볼 수 있는 그런 상냥함이
뺨을 어루만지고는 이내 떠나간다

동틀녘 창문을 열고
아직은 어스름이 깔린 저 너머로
눈을 빼앗겨 버린다

빛이 피어나는 그곳은 꽃밭의 잠을 깨워
아름다운 꽃들은 지금 태어난 듯
꽃잎이 활짝 벌어져 달콤함이 코끝을 핥는다

간지러운 바람에 깊이 숨을 마시며
겨울옷을 집어넣어야 한다는 생각을 하다
마음 깊숙한 곳으로부터 토악질 같은 기침이
끝없이 흘러나오고 이내 눈물도 쏟아진다

누구에게나 아름답다고 믿어질
아침 햇살에 맞춰 기지개 켜는 소리는
심장을 뱉어내는 것만 같은,
아름다움에게 미움받는 기침 소리에
묻혀 사라져만 가네

변하지 않는 것

봄바람에 설레인지 얼마 지나지 않아
담장에 쌓인 빗방울에
잎을 부르르 떠는 소나무 한 그루
한여름의 추위로 떠는구나

아마 한참을 서 있었던 탓인지
허리는 휘어진 채로
몇 번인가 저무는지 모를 노을을
하염없이 보는 것은 부러워서일까

당신의 시야 끝의 소실점에서
바람과 현실은 마주 앉고
시간의 틈새로 사라져만 가나

바람이 차가워지면 하얀 모자를 눌러 쓰고
더욱 짧아진 날을 보며
당신은 무슨 생각을 할지
남겨진 자의 눈물은 뻣뻣한 솔방울 되어간다

내내 푸르고 푸른 채로 굳어버린 생명은
무의미한 아침을 맞이하고
차가운 바람에 흔들리는 잎에선
씁쓸한 풀 내음이 묻어나온다

장마전선

쏟아지는 빗방울이 발걸음을 따라 폭발해
뇌가 흔들린 듯 머리가 바닥을 내려친다

무릎 꿇고 비굴하게 담배 한 개비 물고
애써 라이터를 켜보지만
처량하게도 헛도는 윤회의 부싯돌
불씨는 커질 기미가 없고
담배는 점차 젖어 들어가 결국 부서진다

떨어진 담배를 질끈 밟고
끌려가는 힘없는 포로의 발걸음을
따라다니며 에워싸는 창살
줄곧 내리는 비에 젖은 몸이 무거워진다

갖은 고문으로 병들어 버린 폐가 지르는 비명
피를 토하듯 멈추지 않는 마음의 감기
불행 속에서도 가치가 없어진 자는
흐르지 않는 시간 속에서 집으로 돌아온다

젖은 옷을 벗고 따뜻한 물을 끼얹어
애써 긴장된 몸을 녹여보지만
슬픔으로 얼룩진 창문에 비치는
아직 한창 빗발치는 전선(戰線)

여름을 살아간다는 것

여름을 알리는 빗방울 소리가 들린다
창문에 송글송글 맺힌 자국들을
지우고 그리고, 다시 또 지우고
무엇을 그리는지도 잊어버린 것처럼

그려내면 흘러내리는 형상에
눈물을 흘리다 이내 표정마저 지우고
더 이상 그려낼 것이 없는데도

물안개 속에 자신의 색을 섞어
여름의 푸르름마저 삼킨 하늘 아래서도
존재를 증명하려 발버둥치는 꽃 무더기가
창문 너머에, 그래 빗속에

여름꽃 한 아름이 벌써 만개했다
아직은 선선한 새벽녘 바람 한 줄기에
꽃잎 한 올마다 흐르는 눈물을 머금고
궂은 비에도 쓰러지지 않고 피어나 간다

오늘도 거짓을 내뱉는 여름 바람에
하룻밤의 꿈을 꾸더라도
덧없는 아침 이슬을 마시며
눈물 젖은 꽃은 살아있다

기차 안에서

이젠 돌아가야지, 각자의 삶 속으로
플랫폼의 빛은 날씨에 맞춰 뿌옇게 번진다

차가운 철도에 빗물이 떨어진다
감기에 걸린 마지막 장소가
슬픔을 이기려 애써 열을 내서
넘실거리는 증기 속에 뒤엉킨 이별이
굴절되어 추억이 된다

늦여름의 더위가 발목을 잡고 놓아주지 않자
저 먼 곳으로부터 경적 소리가 들려온다
지연됐던 기차는 빛으로 철도에 어둠을 밝히고
늦었으면서 누구보다 빠르게 달릴 준비를 한다

굳이 종이로 뽑은 티켓을 붙잡고
좌석을 비집고 들어가 창가를 바라보면
어둠이 내린 도시에는 내가 비치지만
유리 벽을 넘지 못하는 갈 곳 잃은 손이 떨린다

출발의 떨림이 사라질 때쯤
금방 풍경이 뒤섞이기 시작해서
입을 뻐끔거려 보지만 갈증이 목을 막아
마지막 인사는 하지 않았다

가을

초록빛의 생명은 모두
자신의 말로를 위해 상복을 입었다
무능하게도 높은 하늘에
그들을 애도하는 목소리는 들리지 않았다

이는 바람에 죽음을 논하는 잎이 떨어지면
청춘이 바라던 푸르름을 회상하며
아직 남아있는 푸른 잎을 위해 기도한다

그러다 가을비라도 내리는 날에는
더욱 스산하게 떨어지는 낙엽에
부스럭거리는 소리가 귀를 막는다

떨어진 낙엽은 하수도를 타고
시궁창 쥐의 화려한 저녁 식사로
뜨거웠던 여름의 흔적을
쥐는 닥치는 대로 먹어 치웠다

울음

추켜올린 고개가 아플 정도로 깊어진
티끌 하나 없는 더위가 머물다 간 하늘
이젠 가을이구나

몹시도 더웠던 올해 여름
살아 숨 쉬는 것만으로도 지쳐
빨리 끝나기만을 바라왔던 고난이 가고
얼굴이 비쳐 보이는 듯한 호수에
흠뻑 빠지고 싶어 그 자리에 멍하니 앉는다

여행 온 나그네는 자리를 잡고
모든 것을 잊고 휴식을 즐긴다
바람에 볼을 비비면 들리는 가을의 귓속말
포근한 이불을 덮은 듯이
이대로 계속 꿈을 꿀 수 있을 것 같다

그 상냥한 속삭임 밑바닥에 깔린
균열을 만드는 규칙적인 노이즈
얼마 살지 못할 매미가 끝없이 운다
네가 날기에는 하늘이 너무도 높구나

더럽혀진 마음

시간도 느리게 흐르는 것 같이
창밖으로 느릿하게 쏟아지는 하얀 마음을
이렇다 할만한 이유도 없이
한참을 바라보았다

닫힌 창 너머에 세상을 새하얗게 물들여
과거로부터의 발자국을 지운다
그 어떤 흔적도 물들지 않은
다시 태어난 매일 걷던 길

처음 새 도화지를 받은 것처럼
한참을 바라만 보면서
만들어질 작품을 혼자 그려본다

아직 완성되지 못한 작품에 매달리지만
지정된 규칙성에 따라 톱니가 움직인다
병정들은 걸음을 옮기고
발자국은 규격에 맞춰 찍힌다

누군가의 발자국 끝으로 하얀 마음은 녹아
검은 바닥에 얼룩처럼 얼어붙고
차가운 바람에 떨리는 입술마저 갈라진다

자화상

길게 늘어난 불 꺼진 아틀리에
완성되지 못한 그림이 하나
감히 불완전한 얼굴을 볼 수 없도록
천을 뒤덮어 놓아 자신을 숨긴 채로
액자 속에서 말을 걸어온다

내뱉어진 언어들은 마인의 가지
몸을 붙잡고 영혼을 빨아먹어
미완성의 아름다움(美)을 지운다
그렇게 잠들어 가는 영혼의 고통을 지우려

상냥한 거짓말이 들려온다
그 소리가 비밀을 낳고
어머니의 손처럼 눈을 감도록 살포시 감싸며
결핍으로부터 자신을 완성해 간다

안식의 고치가 덮이며
점차 사라지던 영혼의 불꽃은 꺼지고
손을 뻗어 인위적인 조명을 켠다
온몸에 물감이 덕지덕지 묻어 있었고
완성된 그림은 부화하여 전시된다

일기

오늘도 펜을 잡는 손은 상처투성이라
무엇인가를 잡는 것을 거부하듯
공포 젖은 떨림이 멈추지 않는다

아픈 손을 잠재우려 펜촉을 찔러넣어
문장 하나 알아보지 못하면서도
쏟아내는 지옥, 뱉어내는 비명을
수라장을 높은 곳에서 관조하는 신

형태는 의미 없는, 관측된 증거뿐인 이곳엔
하얀 것과 검은 것이 그저 뒤섞여 살아간다
-죽어간다-
가치를 부여받고 빼앗기고
-부여잡고 빼앗고-

살아감에 죄를 잉태해
살아감의 벌을 낳는다
자신을 목도한 신을 위해
자신을 심판한 신을 위해

그 누구에게도 속죄할 수 없는
나는 읽어주는 이 없는 시
오늘도 죄를 회고하고 벌을 퇴고한다

군집독

새근거리며 잠들어라
서서히 막혀오는 숨도 잊은 채로
중독되어 생각을 죽이며
고통스러운 줄도 모르고

타인이 뱉어내는 미량의 독
행복할 텐데도 사르르 감기는 두 눈 주위가
순응하지 못하는 듯 살짝 떨려온다

산소가 부족하여 뇌가 자신의 존재를 잊어
분명히 상냥한 꿈일 텐데
그 깊은 밑바닥에 떨어져서도
억지로 버텨내는 본능이여

너는 죽음을 알고 있는가
생존을 위해 내뱉는 서로의 호흡으로 빚어낸
느린 죽음조차 품을 수밖에 없는 모순을

꿈을 꾸었다
서서히 몸을 장식하는 독을
살아가기 위해 마시며
미래를 담보로 꾸는 꿈을

별의 길

밤하늘에 흔적을 남기며
떨어지는 별
무의식적으로 눈을 감고
손을 모으다가 헛웃음이 터져 나왔다

그사이 사라져 버린 빛은
지나온 길에 상처를 남긴다
그러다 기억에서도 잊히듯
길 위에 남은 것은 아무것도 없었다

순간의 발자취는 빛나는 별의 단말마
타죽어 가며 남긴 흔적은
실바람 한 줄에도 사라지는데

이 마음 하나 불타는 것도
이처럼이고 고통스러운데
자신의 모든 이야기를 불태우는 저 빛에
우리는 무슨 소원을 비는 걸까

소멸하는 것은 아무것도 해줄 수 없는데도
간절한 척 손을 모으고 들리지도 않는 말을
뱉어내는 마녀사냥일 뿐인데도

어두운 별

거리는 거짓말처럼 빛을 내뱉고
심장을 대신하는 초침 소리
산화하는 호흡은 꺼질 듯 흔들리고
점점 기도를 쓰다듬는 메스꺼움

깜빡이는 눈동자는 생선의 입처럼
무엇을 말하고 싶은 듯 보이지만
아무도 들어주지 않는 이 도시는 빛의 심해

길을 잃어버린 시선을 알리기 위해
태우는 담배 한 모금,
목구멍을 가득 틀어막는 연기와의 키스가
피를 타고 몸을 훑어 마음을 빼앗아
텅 빈 심장의 박동은 허망한 자명종

꿈을 꾼 적도 없는데
당장 울어버릴 듯 시계가 몸을 흔들어 온다
아직 밤은 오지 않았는지
거리의 거짓말은 서로 보듬어 뒤섞이는데도

금방이라도 터져버릴 두근거림이 멈추지 않아
어지러움을 동반한 구역감이
누구한테도 전해지지 않을 기도조차 막아온다

삼류 시인

꿈꾸는 것조차 사치라 생각해 깨어있는 밤
작은 스탠드 불빛에 의존하며
빛을 잃은 눈으로
단정히 정리된 글자를 읽어나간다

빛이 끊어질 듯한 호흡을 하고
그 향기에 날벌레가 달려든다
빛을 잡을 수 없음을 알면서도
그저 본능이기에,
허상에 자신의 목숨을 던진다

벌레는 자신의 목숨 값으로
마지막에 무엇을 보았을까
어느샌가 펜이 멈추고 생각의 늪에 잠긴다

그러다 문득 창밖은 새벽
어느덧 깊어진 밤이
새로운 시간을 낳았다
깊어져 가는 삶 속에 빠져
내 젊음 다 어디로 갔을까

들여다본 책 속에 이야기로나 남았을까
천천히 다시 한번 읽어봐도 역시, 졸작이다

개화(改花)

의미 없이 생명이 태어났다
허무 속에서 태어나 뜬 눈에는
생에 가장 밝은 빛을 통해 세상이 보였다

그렇게 아름다웠어야만 했지만
살아가야만 하는 세상을 보는 눈은 검었다
강한 빛 속에서 태어났기 때문일까
상실된 감각으로 칠해진 세상

색바랜 외로움이란 색채를 잃은 사물의 운명
외로운 아이는 울었지만
눈물에 굴절될 뿐인 일그러진 잿빛의 세상

가라앉아만 가던 아이에게
미래에서 내뻗은 현재를 만든 손은
태어났을 때 비추던 빛줄기
막혀오던 숨이 팍하고 터져 나온다

무의미한 행위 속에서
의미를 찾아가는 나의 이 긴 길 끝에서
우리 사이의 시간이 같아질 때
그땐 한번 꼭 말없이 안아보고 싶구나
미련한 무의미 속에 최초의 의미를

추악함

벌레는 꽃을 사랑한다

아름다움에 이끌리는 것일까
눈앞에 펼쳐진 다채로운 세상에서
어여쁜 옷을 입고는 주인공인 것처럼
모든 장면을 빛낸다

아름다움에 파묻혀 항상 주변을 맴돈다
모두를 상냥하게 쓰다듬는 꽃향기에 취한 듯
이룰 수 없는 꿈을 꾼다
꽃이 알 수 없도록 자신을 숨기며

그럼에도 꽃은 벌레를 상냥히 품는다
이미 다 알고 있는 듯
모두의 사랑을 받기에
뿌리를 내리고 중심이 된다
벌레는 그런 꽃을 사랑한다

그로써 자신의 격을 높이기 위해
벌레가 꽃을 탐하듯,
꽃이 벌레를 모으듯 서로의 탐욕을 위해

벌레는 꽃을 사랑하는가

비극

아침 햇살이 상냥히 보듬어
잠에서 깨나 했더니
이미 정오를 넘긴 시곗바늘이 눈을 찌른다
잠자리를 벗어나지 못하는 몸뚱이를
나무라듯 온몸이 뻐근하지만

어렵사리 일어난 작은 공간에는
아무 소리도 나지 않는다
간단하게 한 끼를 해결하려 했지만
이젠 식기를 드는 것조차 버거워
누가 언제 사둔 줄 모를 빵을 먹는다

아무것도 하지 않았는데 시간은 벌써 밤
멀뚱멀뚱 뜬 눈 밖에는
유혹하는 도시의 빛
한 마리의 벌레가 돼버린 것처럼
그 빛에 이끌려 늦은 밤길을 나선다

늦은 밤인데도 요란한 번화가
바쁜 일과를 마치고 집으로 돌아가는 사람들,
오늘이 마지막인 듯 술을 마시는 사람들
모두가 뒤섞여 만들어 내는 꺼지지 않는 불
그곳에 나는 없었다

아무도 나를 보지 않지만 모자를 눌러쓰고
마스크로 애써 나오는 구역질을 틀어막고는
형태를 잃어가며 사라지는 몸으로,
어지럽게 녹아내리는 시야로
안식처라 생각하는 곳으로 도망친다

무거운 철문을 열고 들어간 집은
여전히 아무 소리도 들리지 않았고
아까 다 먹지 못한 빵엔 파리가 날리는데
신은 펜으로 눈물 한 방울 찍어
문장을 끝마친다

플라스틱 신드롬

길 위에 쓰러진 페트병을
의미도 없이 툭 차면 힘없이 굴러간다
그 옆에는 쓰레기통이 있고
또 다른 플라스틱 더미가 모여있다

지나가는 사람은 내가 페트병을 버린 줄 알아
인상을 쓰며 쳐다본다
손에는 유명 브랜드의 커피를
불과 수명이 얼마 남지 않은 빨대로 찔러 넣은 채로

죄 없는 수치심에 페트병을 주워
쓰레기 더미에 밀어 넣는다
괜히 깊숙이 손을 뻗어
더 이상 보이지 않도록 마음 깊이 버린다

찝찝한 기분에 그 자리를 서성이다
다시 길을 나설 때
도로 구석에는 아까 본 유명 브랜드의
커피잔이 멍청하게 서 있다.

공장에서 태어나 사람의 손을 떠나며
쓸모가 없어진 쓰레기는
한참의 시간이 흘러도 사라지지 않을

편리라는 이름으로 가공된 무가치함

또다시 플라스틱 컵을 발로 찬다
이곳엔 쓰레기통은 없지만
그게 무슨 의미가 있을까
한참을 우리 뇌 속에서 썩지 않을 텐데

러브레터

먼지 쌓인 상자에서 펜을 꺼내어
당신에게 편지를 쓰려
하얀 종이를 펜으로 찔러도
잉크가 굳어 상처만 남기고
아무것도 쓸 수 없구나

그래도 써 내려가야만 하는 이 편지
굳어버린 껍질을 억지로 열어
색이 바래진 잉크를 넣는다
하얀 종이 위에 펜촉이 흘리는
이미 변색된 마음

한참을 적어나갔을까
맘에 들지 않아 새로운 종이에
또다시 한참
어떤 말을 해야만 하는 걸까
썼다 지웠다 하며 상처만 새겨간다

마음을 담으려 꾹꾹 눌러쓴 말들은
전염병이라도 퍼진 듯 피투성이로
종이 무덤에 묻혀가네

이제는 더 이상 남은 것이 없어

마지막 종이에 어렵게도 적어내는
사랑한다는 그 한마디

여태 어떻게 살아왔는지
모든 시간을 적고 싶어도
이 편지는 닿을 수 없는 걸 알아
더 이상 쓸 수 없는 펜을 내팽개쳤다

왜 항상 함께하는 당신에게
이 쉬운 한마디 못 하는 건지
가장 듣고 싶었던 말 한마디 못 하고
당신은 왜 나 같은 것이 되었나

이제는 더 이상 용서해 줄 사람이 없어
오늘도 거울에는 흉터만 늘어간다

중독

한 줌의 호흡을 들이마신다
달콤함으로 폐포 끝까지 채우며
혈액에 태워 보내
세포 하나하나 끈적이게 박제한다

굳어가는 몸을 움직이려는 신경의 자극
그 불균형 사이에서 삐걱대는 파열음과
복합적인 감정의 침묵

그 정적 속 꿈틀거리며 부화하는 불안
호흡은 점점 거칠어지고
숨을 쉴수록 하루하루 죽어가는 몸

밀랍을 발라놓은 듯한 세포는
기억으로 남아 죽음에 저항하지만
박제가 되어 죽음을 장식할 뿐

처음 숨을 깊게 들이마셨을 때,
살아가기 위해서였던 걸까
죽어간다는 것을 잊으려던 걸까

다시 한번 깊은 호흡을 마셔본다
나는 가장 느린 속도로 죽어가고 있다

옥중시

낡아빠진 감옥에 갇혀
종이도 없이 두 개의 창을 통해
한낱 시를 쓰며 죽어간다

감옥은 한껏 꾸며져 있다
죽어가는 수피로 이루어진 것을 숨기려
규격에 맞추어 광을 내고
무늬를 선명히 새겨넣었다

죄인은 독방에 나뉘어 서로의 존재를 모른다
그저 문이 열리는 소리가 들리면
죽었다는 것만을 알 수 있다

우리는 죄를 짓지 않았다
분명 그랬을 것이다
우리는 그저 태어났고 단지 살아왔다
차가운 감옥과는 다르게

창밖은 언제나 밤이고
초 하나 켜지 못하는 옥중에서
하나뿐인 이름도 잃은 채로
기록하지도 못할 시를 적는데
또 문이 열리는 소리가 난다

일상

바람이 눈꺼풀을 흔들어 잠에서 깨면
미적지근한 물을 틀어
어제의 꿈을 흘려보내고
어제와 같은 옷을 입고 문을 연다

태양은 눈을 반쯤 감게 만들고
흐르는 땀방울에 젖은 머리칼이
단조로운 풍경에 탁한 연기를 뿜으며
힘찬 쇳덩이 따라 흔들린다

길게 그림자 진 인공 숲을 지나
굶은 배를 쥐어 잡지도 못하고
하루가 어떻게 지났는지도 모르게
해가 색을 바꾸며 저무네

이제는 고철이 된 쇳덩이에 올라
꾸벅 졸다 보면 도착하는 우리의 종착지
말괄량이 같은 시간을 놓아주다
때 놓쳐서야 식탁에 앉았네

천천히 한 숟가락 들어보려 해도
우리는 서로 한 번도 마주 보지 않았다

도플갱어

우연 속에 마주친 그 사람
희뿌연 기억 속을 비집고 들어와
뇌리에 박혀 신경을 뺏어가는
기생충 같은 그 사람
얼굴은 잊히려야 잊힐 수 없구나

눈을 감으면 그 얼굴이 떠올라
공포감에 사로잡힌다
탁한 기억 속에 떠오르는 얼굴
그가 속삭인다
그가 나지막이 속삭여온다

둘 중 하나는 사라져야 해
둘 중 하나는 사라져야 해
우리를 옭아맨 규칙
우리를 옭아맨 규칙
그렇다면 정답은 하나

사랑의 말로

샛별을 타고 흐르는 빛줄기에 적셔진
황혼 무렵의 장미 다발로부터
너의 목소리가 간드러지게 불어온다

툭 치면 부서질 것만 같은 목소리에
한 송이조차 만지지 못하는
둘 곳 없어라 보잘것없는 손
꽃잎 한 올도 잡을 수 없는 손은 가여워라

붉게 뛰는 심장 깊은 곳 그 어딘가에서부터
형태도 없으면서 살포시 나를 끌어안으면
꿈이라도 되는 듯한 허상의 감각에
덜컥 겁이나 석양 너머로 도망친다

그 기억에 혼자 가위에 눌린 듯
이 마음은 괴롭고 괴로워
잠에 들지 못해 돌아가면
남은 것은 오직 뿌리가 내렸던 흙뿐이네

사랑은 유령이어라
체온만큼 따뜻했다가도
죽음처럼 차갑게 식어
계절처럼 잊힐 즘에 돌아온다

너 진 자리에 돌 하나 올려두는 것은
꽃을 기리는 나비의 울음일는지
마음에 새길 전하지 못할 대답일는지
알 수 없이 놓았던 묘비

그림자놀이

날개가 춤추듯이 살랑인다
얇은 비단이 흔들리며
작은 빛조각들을 내뱉는
검은 옷의 무희

붓처럼 부드러운 춤사위는
자신의 색을 무대에 입힌다
흔적을 남겨낸 작품이 되기를 바라며

부서질 듯 춤추는 무희의 발걸음은
소리가 울리지 않고
그저 색을 물들이다 사라진다
모든 아름다운 것들이 떠나가듯
강한 바람을 남기려는 날갯짓과 함께

발버둥 치는 날개에도
박제된 나비에게선 바람이 일지 않아
약속하듯 걸었던 손가락을 풀어헤쳤다

홀연 사라진 검은 무희의 모습
한참 머릿속을 되뇌다가
무대 조명의 눈을 가리니
그곳엔 관객도 없었다

인형극

무대의 막이 오르고
배우는 최선을 다해 결말을 향해 다가간다
시작과 함께 만들어진 끝으로

마치 자신이 실존하는 것처럼
살아있는 행동과 언행, 표정
시나리오라고는 믿을 수 없게
삶을 써 내려가는 촌극의 주인공

그런 자신의 삶을 증명하려는 듯
배우는 대본조차 잊은 채로
배역으로서의 순간을 살아간다
삶의 주인으로 자유를 호흡에 녹이며
무대에 막이 내릴 때까지

시작부터 쓰여 있던 결말은 찾아오고
점차 꺼져가는 조명 속에 스며 들어가면
인형을 지탱하던 실이 끊어진다

그 자리에 힘없이 늘어져
움직일 수 없는 인형의 눈에는
관객들의 기립박수와 환호가 보였다

불면

밤을 꿰매는 투박한 바늘 소리
무엇을 이어 나가기에
이리도 요란스럽게 머리를 흔드나
밤은 이미 깊어 다들 잠에 빠지는데
청승맞게 뜬 눈으로 드리운 어둠에 빠진다

억지로 눈을 감아도 변하는 것은 없고
오히려 선명해지는 바늘 소리가
머릿속에 울려온다
꿈도 못 꾸는 자신의 처지보다
호흡처럼 괴롭히는 소리에 내일을 걱정한다

오늘을 훌륭하게도 살아낸 사람은
꿈을 꾸며 내일을 기다린다
꿈을 못 꾸는 나는
내일을 기다릴 자격조차 없는데
헛된 망상을 어둠 위에 그려낼 뿐

달콤함은 뇌를 망가트려
감각을 헤집어 놓는다
내일을 향해 꿈을 꾸는 듯
몸을 이리저리 뒤척이며 허우적거리는데
어김없이 귀를 찌르는 바늘

화풀이하듯 포근한 이불을 내던지고
멀쩡히 흐르는 시계를 보니
자정을 훌쩍 넘긴 서슬 퍼런 바늘이
오늘을 누덕누덕 이어 붙였구나

집단적 독백

캄캄한 지하실 깜빡이는 조명과
벽면을 감싼 울퉁불퉁한 굴곡
습윤한 공기마저 목을 졸라
깊은 바다의 인어공주는 목소리를 잃는다

어렵게 더듬는 목소리마저 침묵하도록
쥐가 뜯어 먹은 듯한 굴곡이
포식자의 눈동자처럼 주시한다

먹잇감의 비명만이 들리는
범인 없는 침묵의 교실
목을 옥죄어 내뱉은 단말마는
떨림마저 멎어 누구에게도 들리지 않고
원래부터 그랬듯 가라앉는다

깊고 깊은 지하실,
굴곡 구석구석 먼지 낀 방음벽 속
누군가 꿈을 노래하였다
처절하게도 행복한 표정이었지

누구에게도 들리지 않는 소란한 침묵이
마음 깊숙한 곳에서 잠들면
인어공주는 목소리를 잃고 사람이 되었다

시계 무덤

아침이 왔다는 것이 거짓말이라 말하듯
자명종도 아직 울지 않고
깊은 잠에 빠져 움직이지 않는다
그렇게 멈춰버린 시계가 한 무더기
고치지도 버리지도 못하는 것들

멈춰버린 시계는 그 시간에 남아있는 걸까
스쳐 지나갈 뿐인 순간이었을 텐데
톱니바퀴가 고장 날 만큼 아름다웠을까

아침인지 밤인지도 모르는 시간을
벗어나지 못하는 가여운 고철이
호흡 속에 쌓여만 간다
이젠 다리 뻗고 눕기도 힘들게
뒤섞인 시계의 무덤

멀고 먼 길을 돌고 돌아
아침이 성묘를 온 건지
일렁이는 빛이 물들어 오고
웅크려진 몸이 피어난다
아직 살아있는 시계가 하나 있었구나

카타르시스

긴 잠에서 깨어나듯 태어나
더듬거리는 손으로 커튼을 올리니
검은 하늘에 폭풍이 몰아친다

작은 창을 베어버릴 듯 지나는 바람에
창문은 떨며 비명을 지른다
덩달아 놀란 가슴은 뛰는 것을 잊어
못처럼 박힌 신체가 부러질 것만 같다

억울한 죄인이 창살을 흔들 듯
절박한 소리를 내며 들썩이는 마음과
남들에겐 들리지 않을 비명에도
시계 초침은 한 땀 한 땀 시간을 꿰매
언제 끝날지 알 수 없는 격양되는 시야

아이처럼 눈을 가리기 위해
이불을 푹 뒤집어쓰고는
떨리는 몸을 애써 달래보지만
비명은 점점 커져만 가고
흔들리는 창문에는 공포가 비친다

얼마나 지났을지 모를 영겁 속에
폭발 소리와 함께 시원한 바람이 불어왔다

흩어진 조각에 피가 흩날려도
더 이상 비명조차 들리지 않고
거울에는 얼굴이 비치지 않는다

사계절의 편지

1. 夏

어느새 입하가 지나서
이제 여름의 시작을 알리는
장미가 피었습니다
벌써 비도 많이 내리고 있죠
이런 날이면 그대가 그립습니다
그야 그대는 나의 여름날에.......
그래 그대는 여름날의 바다입니다
잔잔히 또 조용히 치는 파도에 휩쓸려
결국 내가 어디서 왔는지도 잊겠죠
그래도 좋으니 조금만 그리워하겠습니다
바다 위에 묶인 저 배보다는
표류하는 방랑자가 되고 싶습니다

2. 秋

그대 닮음 여름은
자취를 감추고 떠나버렸고
금빛 가을이 찾아왔습니다
벼가 익어 고개를 숙이는 것처럼
그리움이 고개를 숙입니다
보기 좋게 익어 추수를 기다리는 벼처럼
누군가 내 그리움 털어주겠죠
나는 그 사람이 그대이길 바랍니다
농익은 그리움은 내게는 무거워
고개조차 들 수 없으니
먼 길을 떠난 그대이지만
부디 이 금빛 가을에 보고 싶습니다

3. 겨울

벌써 동짓날입니다
팥은 귀신을 쫓아 준다더군요
나는 오늘 먹은 팥죽에서 그대를 보았습니다
붉게 달아오른 얼굴로 웃어주던 그대가
오늘따라 더 그립습니다
오늘만 해도 눈이 올 듯한 하늘 아래
마치 시간도 얼어버린 듯한
공허한 추위만이 몰려와
이 편지는 닿지 못하겠지요
그래도 믿어볼 수밖에요
오늘은 밤이 가장 기니까요

4. 春

아마 마지막 편지일 듯합니다
그대를 만났던 봄은 다시 찾아왔고
그대가 어디로 간지도 모르는 나는
겨울옷을 정리하듯 기억을 고이 접어
이제 그대를 잊겠습니다
그대를 만난 봄을 지나
그대를 잊는 봄을 맞으며
저 차가운 바람은 아직도
내 옷깃을 스치지만
흔들리는 옷깃처럼 슬픔도 흔들려서
못 버티고 부러진 꽃송이가 되기를
다음에 피어날 꽃을 위해서

『산다와 삶 사이』

어둠으로 어둠을 밝히고 싶었습니다.
어둡다는 사실을 모른 채
사는 건 세상에서 제일 짜기에
개구리도 살 수 없기 때문입니다.

그 이후의 형태를 만드는 이가
적어도, 당신이 되었으면 좋겠습니다.

시인 최영준

야화

밤으로도 들로도 가릴 수 없어
속으로만 피우고 싶었다
가을이 오기 전까지는
겨울이 지난 뒤에는

피어나기를 원한 시간조차
꽃이라는 굴레를 증명하는
수단이자 증거일 뿐이었기에
끊을 때마다 끊어졌던 걸까

해마다 피고 지기를 반복하면
조금은 지워지리라 생각했건만
매년 선명해지는 부모의 기억 속
나는 나의 소외를 희망하며

더위 먹은 그 비릿함을
끌어안는다, 소외는 빠져나오도록
꽉- 안으면 내가 비칠까 싶어
비린내의 바닥까지 머리를 디밀다

떨어지면 숨을 쉬어도 될 것 같다
칠흑 속에서도
바스락 소리는 말보다 가까웠다

lip & steak

왜 그렇게 웃음이 없냐는 말은
귀의 부스럼을 찌우는 사료라는 생각에
입꼬리가 올라가는 길을 징검다리로 냈다

목적지는 외이도의 바로 밑
쌓인 것이 많기에 미끄럽고
팔 때마다 시원할 구유

주문한 스테이크의 익기는 미디엄
가로로 자른 스테이크에서 번지는
육즙의 색은 맞은편의 기성품 미소들

저 미소들도 손수건이 지나가면
접시의 육즙처럼 깨지다 번지다 뒤섞일까
접시에서는 벗어날 수 없는 걸까

썰지 않았다면 고도처럼 살 수 있었을까
살아있었다면 어느 쪽을 택했을까

집어 든 스테이크 조각의 뒷면은
징검다리가 되려는 듯 스밈을 익힌다

수목장

수라고만 생각했다
누군가의 인생이 나무라는
말이 뿌리를 내린 곳이
나의 머릿속이었기에

셀 수 없을 거라는 생각을 했던
기억이 떠내려간 지금
뿌리는 여백을 메우다
기수역에서 여백이 되는 중

어디까지 목을 늘릴 수 있을지, 아니
어디까지 목이 깊어질 수 있을지를
생각하는 순간마다 눈이 건조한 건
여백의 기준이 모호하기 때문일까

나무의 잎사귀들이 투명해지고
하나둘 눈이 생길 때마다
떨어지는 물의 색깔은 녹색
유골함에 떨어져도 기적은 없다

그래서 장을 외친 걸지도 모른다
어디로든 뻗을 수 있다면
보이지 않는 곳을 향하여

없는 것 같은 만연함을 물고 가길

원할 때마다 여백으로 찾아오는 것은
네가 하얀 뿌리가 되었다는 뜻일까 싶어
잠깐이나마 들고 있던 고개를 숙여보면
모호에서 호모 사피엔스에게로 향하는

여백

지우개는 안녕하다

영원히 볼 수 없는 곳이지만
의외로 가까운 곳에 있는
그렇기에 더욱더 보고 싶은

마음을 늘려 때수건으로 밀어보다
세면대에 놓인 지우개를 집어
비누 대신 때수건에 문지를 뻔했다

등줄기로 떨어지는 때를 보며
때수건을 헹구다 바라보는 것은
때를 불리던 지우개의 모서리

한쪽, 너는 나의 등과 같을지를
묻는 건 오늘이 처음일지도 몰라
마지막처럼 너를 쥐고 문지른다

너의 때가 너와 나가 섞인 색임을
너의 모서리가 너로 남기 시작함을
알고 난 뒤에야 뽀송함이 찾아왔다

너에게도 나에게도

그 비둘기가 사는 법

도시에는 잠이라는 개념이 없어
소란할 수밖에 없다고 받아들였다
잠잠한 24시간 편의점의 맞은편은
현실을 뜯고 말하며 만드는 호프집

일시 마감을 알리는 도로 위의
긴
N은 맞불의 근원 중 일부일지도

모른다는 생각이 잠들면 찾아오는
러시아워 언저리의 배수로 덮개 위로
배를 깔면 보이는 것들을 쪼려 했다

샐러리맨이 된 논객들의 기억과
중앙선에서 우왕좌왕하는 나비의
하얗게 전 날개 속 얼룩 몇 점

그 너머에 있는 주말 바라기로
날아가 그들의 부스러기라도 쪼아보며
간을 보다 간은 비대해진다

다이아는 다이아가 품는다

다이아몬드는 뾰족해야 한다는 시간을
깬다는 것은 불가능하다고 생각했었다

발상을 전환하라는 말을 들은 기억은
시간 속에서도 시들거나 부식되지 않고
지문의 행방만이 오리무중인 시간 속

파랑새를 찾는 게 나을 것이라는
말만 트럼프처럼 남은 거리에 날리는
종이 한 장에 그날의 기억을 그리고
동공의 모양을 비춘 거울 속에 묻다

쨍그랑 소리 이후의 기억 중
휘발이 덜 된 파편을 쓸어 담다
칼을 꺼내 파편에 금을 새기다 난
상처를 따라 흐르는 피가 낳은

다이아몬드의 모양은 파인
마름모, 떨어진 다름으로 만든
네 변은 하나의 원이 되었다

얼굴의 전제

얼굴의 정의가 귀의 이정표가 된 지
오래라 웃음과 디폴트의 관계는
벨트 없이 타는 다람쥐 통일지도

모르니 접근의 신중함도 디폴트지만
코끝은 무엇을 짊어진 듯 빳빳해
밀실 속 둘의 최단 거리는 석 자

묻고 싶었던 의욕 몇 줌을 채우는
존재는 감정을 태우고 남은 재로
혹은 제로, 중앙으로 번지는 붉음

언저리의 검댕 속에 비치는
그림자의 표정은 연소한 지 오래
출구가 없는 미소의 밑바닥에서

코끝은 긍정의 그림자를 거부하다
석 자 너머의 불을 보고자
재와 제로를 모아 날숨을 보낸다

알람 소리는 눈물

어느 순간부터 알람을 끄고 살았다
무엇이 되는데 방해가 될 것 같았기에
넉넉하게 꿈꾸지 않으면 이룰 수 없기에
지금은 꿈조차도 현실에 닿아야 하기에

자기 계발과 문제집이 익숙해지는 시간
속에는 내가 바로 정의라는 전제가
꿈으로 또 다른 꿈들에 스며들다
가끔 조각상을 만들 때가 있기 때문일까

문득 고개를 돌리면 보이는 것들은
지금 집은 것들을 밀거나 눌러버린 지
오래이므로 그날은 고개를 따라간다

당연함으로 꾸벅이는 고개를 세우면
메트로놈처럼 흔들리는 것은 몸통, 혹은
고개임에도 그럭저럭 보이는 제목

너머는 뿌연 탓에 연신 눈을 비비다
손톱 위의 축축함을 보다 고개를 든다
눈과 심장의 소리가 귀를 덮고 있었다

씨

떨어지지 않았다면
시작하지도 않았을
무엇을 위하여
호미로 땅을 판다

떨어진다는 것은
허공을 두드리며
자기를 잠글 장소를
찾아가야 하는 숙명

주인의 유무는 불명
그렇기에 꼬리를 물려
길어지다 가늘어지다
잠그지 못할 지도

모른다, 누구도
존재를 부수는 법을
퍼트리면 법이 되는
순간이 찰나인 것은

찰나가 영원이 되는 것은
찰나이거나 전제일지도 몰라
오늘은 떨어짐의 의미를 묻는다

알에게 바치는 기도

당신에게 암묵적으로 '아멘'을 올렸던
시간이 당신에게는 무엇이었는지를
생각한 기억을 흐리게 만드는 것은
당신에 대한 맹목적인 긍정이었습니다

성공과 전부의 교차점이 만든
누구만큼 할 수 있어야 한다는
당신을 위한 바이블, 혹은 십계명에

따귀를 날린 당신 밖의 존재를
당신은 알고 계셨는지 모릅니다만
당신을 원망할 이유는 되지 않겠죠

똑같은 질문의 답은 똑같은 질문으로
덧칠될지도 모르는 하나의 운명은
당신을 덥히면 등불이 될 수 있을까요

언제까지 밝힐지 알 수 없을
그 등불의 목적지가 바닥임을 알지만
기왕이면 흐르다 뭉치다 스미다
나비 모양으로 수렴하게 하소서

겸(兼)과 혐(嫌)의 거리

ㄱ과 ㅎ이 이어질 수 없어도
잇고 싶다고 생각하는 것은
혐은 외톨이가 아니지만
겸은 외톨이기 때문이다

파도처럼 다가오는 순간과
떠나는 순간의 거리 사이는
발바닥만이 알고 있어

두 단어만으로 만든 튜브를 찬 뒤
떠난 것들을 안아보려 할 때면
항상 호루라기 소리가 쫓아왔다

그때마다 떠오르는 것은 요람, 그리고
무덤 사이에 놓인 나의 모습이었지만
캔버스에 남는 것은 넘실대는 너울이라
푸름으로 충만한 휴지통에 질문을 던진다

너의 세계는 저들을 말아줄 수 있을지
너를 만든 우리도 저들을 말아줄 수 있을지

불을 위한 옷

불을 볼 때마다 옷을 주곤 했다
잊고 싶은 것이 살아온 시간만큼
있는 듯 부들처럼 흔들렸기 때문이다

그때마다 옷은 불이 자신의 옷인 듯
제가 재가 될 것을 알고 있음에도
불, 안에서 묵언 수행에만 몰두했기에
불이 없는 세상을 이상향으로 삼았다

불이 없는 세상의 유일한 불은
눈과 몸이라 시끄러울 수밖에 없지만
불이 있는 세상은 더욱 시끄러웠기에
모든 신경은 문을 향하는 게 당연했다

쾅- 쾅- 쾅- 소리만이 유일한 이방인인
세상, 옷조차 사치일지 모른다며
누비이불을 감싸고 살아왔던 여느 날 중
그것조차 감싸고 들어오는 하루를 맞아

몇 년 만에 문을 열고 맞이하는 추위 앞
그때의 불 앞으로 뻗어보는 손으로
지금에서야 느끼는 그때의 떨림에
서랍에서 오랜만에 반짇고리를 꺼냈다

지금이라도 불을 위한 옷을 짜기 위해
더 따뜻한 내면을 느끼게 해주고 싶기에

바람이 바람인 이유

이때는 모른 채로 살았다
바람이 왜 존재해야 하는지
바람은 왜 생기는지
바람은 왜 바람이어야 하는지

기압의 차이 혹은 뒷부분만 다른
그것을 가지는 것이 당연해지는
어른이 되었음에도 고요했던
그 시절에도 바람은 불었을까

고개를 든 시간은 여름의 5시
하늘이 푸른 계단과 태양을
바람에 실어 올릴 시간이라
도로는 눈을 감았다가 뜬다

방랑하는 나와 일상의 버스 사이로
잠시나마 바람은 존재했다

추가 잊힐 자유

부끄러운 줄 알라는 소리가 익숙해
불을 끄는 시간이 더 많아졌고
더듬는 것을 멈춘 지금은
방의 절반을 소음에 내어주었다

부끄러운 줄 알라니
원래 저런 사람들이 어떻다니
어떤 사람이기에 그런지 등의
가십거리는 소시지처럼 달려
더더욱 어둠에 스며드는 방

이미 깔린 이불을 뒤집어쓰고는
당신들은 그러면 어떤지 아는지
그렇게 보기 싫은데도 왜 보는지
같은 말들을 묻고는 하나둘 잊다
집은 펜은 부모에게 건네는 보루

몇 개 혹은 몇 그램의 추들의 이름은
죄의식, 부제는 x이자 뫼비우스

백야, 백아, 자아

한때는 행복을 찾기 위해 산다고 생각해
세상은 그 자체가 아니었던 것 같다

소속이니 직장이니 학력이니 하는
절벽 아래로 깔린 백야에
날개는 얼어버린 지 오래였는지
뛰어내릴 자세만이 머릿속을 채웠다

그때는 간과한 지 오래였다
백야는 백야로 머무르지 않음을
어디에도 완벽한 자세는 없음을
절벽에서 떨어지면 절벽은 벽이 됨을

백야 속에 있는 존재는 백아가 되고
백야를 헤친 뒤에도 백아로 남았음을
백야, 이후를 보고서 깨달았다

잡고 있던 백은 기억과 함께
벽을 보며 백야로 들어가
재잘대고 깔깔대는 소리만이 스미다
넘쳐 관자놀이를 타고
입에서부터 개화해
눈은 백의 발자국을 따라간다

발자국, 백야, 발자국, 그리고 벽

돌아온 것은 고개뿐이라 생각할 때
끝났을 개화는 개와 화의 거리만큼
다시 거리를 벌리는 중이다

순간에서 영원에서 기억으로 남기를 바라는 듯

새끼줄을 꼬며

사는 이유에 대한 질문이 익숙해질 때면
익어간다는 말을 생각하며
시골 가을 냄새를 담은 볏짚을 구한 뒤
한 묶음 한 묶음에 이름을 붙이곤 했다

소명이나 태어난 김이나 그냥이나 물음
등에서 한 가닥씩을 뽑고는
꼴 때마다 보이지 않는 바닥을 상상하며
더 강하게 꼬곤 했다

오누이를 해와 달로 만든 이것의 존재는
또 다른 무엇으로 정의될 수 있을지
정의된다면 무엇이라 붙일 수 있을지
나는 알 수 없기 때문에
바닥은 캄캄했던 것이 아니었을까

그것을 알 수 없음에도 줄을 꼬는 건
하나님을 팔았던 과거가 된다 해도
그것을 생각하지 않았던 이전이라 해도
믿고 싶었던 것이 있다면
생과 존재와 존재 의미 끝의 존재였다

어부바

삼촌의 등에서는 아빠의 냄새가 나
나는 눈꺼풀처럼 삼촌의 목을 안고
턱으로 삼촌의 입꼬리에 입을 맞춰
삼촌은 아빠처럼 웃고 있는 걸까

10년이 넘는 아빠와 삼촌의 거릴
내가 메웠다는 삼촌의 말 너머로
떠오르는 뭉게구름의 색은 살색
안을 채우는 활짝 핀 무궁화밭

너머로 아빠의 목소리가 들리고
꽃술은 불빛들로 바뀌어 있어
어둠 속에 있는 삼촌의 입은
미안하다는 말만 하고 있었다

집으로 향하는 전철 안에서
서툴게 따뜻한 엉덩이에 손을 대다
몰려오는 아픔에 낑낑대며 아빠를 부르자

아빠의 얼굴에도 삼촌의 얼굴이 보였다
그때 나도 그랬다는 느낌을 담은

마술 상자의 삽질

그때는 당연하다고 생각했다
누구에 대해서 말하는 행위가
누구의 반만 닮으라는 말이
그건 아픈 게 아니라는 결론이

그렇지 않으면 성장할 수 없다며
이건 너라는 존재를 다스리는
하나의 의례, 혹은 의무라며
진자를 흔든 적은 없었음에도

그 자체로 존재한다는 세상은
여전히 그 자체가 아니기를
원하는 듯 의견을 의무로 벼려
한 자루 한 자루 꽂다가도

가끔은 그래서는 안 된다며
한 자루 한 자루 빼내기도 해
한 걸음씩 다가오는 허공에
버둥대며 질문을 차기 시작했다

이전에는 느끼지 말라 했다면
이번에는 무엇을 느껴야 하냐고
이조차도 느낄 수 없는 거라면 그건 잘못된 인생이냐고

샘물을 만드는 방법

피할 수 없는 질문이었다
오염과 파괴는 물론이고
갈망과 욕망으로부터도

누군가는 지금에 만족하거나
그 이상을 만들라고 했으나
그것을 찾을 수는 없었다

30이 넘어가면 찾는 이가 없다고
언제가 되면 너무 늦다고
그럼에도 이때는 놀아야 한다고
하는 세상이었기에 더더욱

그래서 직접 만들려고 했나 보다
누가 마셔도 젊어질 수 있는
샘물, 혹은 젊음의 정의를

그리고 찾았거나 찾는 중이리라
놀이와 젊음과 늙음을 담은
우물의 원천이 무엇인지를

크레바스

언제쯤 태어날지 알 길이 없다
이미 갈라졌는지도 모르나
완전히 갈라지지는 않았기 때문이다

누군가는 우리의 탄생을 막으려 하나
우리만큼은 탄생을 원하고 있다
몇 년을 묵은 채로 산다는 것은
몇 년을 붙들고 사는 것보다 힘들기 때문이다

안이 얼마나 차가울지는 모르나
그건 그들만의 문제일 뿐
중앙으로 갈수록 커지기만 하는 절제는
우리의 앞에서는 무의미한 무엇이다

그래서 우리는 더더욱 갈라져야만 한다
지금이 아니면 어느 나라 여행자든
벗어날 수 없을 것만 같기 때문이다

곡물차

얼마나 뿌리고 우렸을까
존재 이유조차 흐려진
지금은 우려지는 시간

팩 속에서 떠오르는 것은
존재의 근거와 이유
나온다면 으깨질 것 같아
끓을 때 더더욱 들어갔을까

무엇이 떠 있는지 보이지 않는
지금 주변은 깨지거나 으깨진 지
오래, 나는 무엇으로 나아갔는지를

느끼게 해주는 것은 냄새
그조차도 흐릿해지다 빠지는 건
기분 탓일지도 모른다고 믿다
다시 한번 주변을 둘러본다

깨지거나 갈라진 틈을 써서라도
제 것이었던 냄새들을 품고자
익은 입에 힘을 주는 동기들이 있었다

죽은 신에게 올리는 꽃보라

받을 수는 없을지라도
가져야만 한다는 말이
시장의 시쳇말임에도
비린내는 품고 있어

천해天海 혹은 아틀란티스를
우리가 꿈꾸었던 것은
당연하거나 진해지다 못해
느낄 수조차 없게 된 무엇

앞이기에 붙들 수밖에 없고
지키고 싶었기에 뜨거워지다
차가워진 심장을 거스르다
결정이 된 존재가 너이므로

눈을 뒤집듯 너를 뒤집자
온몸으로 쏟아져 나오는
너의 등에 뿌리를 내린
꽃의 색은 촘촘한 빨강

긴 시간을 회전하길 바라며
한쪽 입꼬리를 올리고는
하늘을 보며 숨을 뱉는다

4명, 그 이상을 품은 상자라

푹신한 것이라 믿고 싶었다

최고의 마개

너도나도 외치고 있어
죽은 지 오래라고 생각해
코르크 마개를 팔고자
환장 속에서 물질을 하다

놓아버린 호미의 지식은
파헤침에 고하는 이별
무엇을 위하여 팠는지조차
모르는 환장의 바닥

그 자체의 존재조차 묻은
환장, 그렇기에 묻고 싶고
파지 않으면 그대로 묻힐
순간에 부력 조절기는 울어

보글대다 깨지는 기억의 저편
자기가 없으면 무의미하다는 말을
일렁이며 누군가의 귀에 속삭이다
가라앉았던 호미를 떠올린 뒤

환장을 꺼내는 가스 불을 위해
남아있던 코르크 마개를 꺼내고
매고 있던 실린더도 내려서는

몽땅 노다지 아래로 보냈다

금은 코르크보다 두꺼웠다

Jailbreak

처벌 없는 도망의 의미를
처음으로 담벼락에 쓰고
혀에 있었던 수갑을 보다
CCTV에 말을 걸어 본다

달려온 간수의 얼굴에 담긴
얼굴이 왜 나의 얼굴인지
혀는 언제 가벼워진 건지
소장의 얼굴도 나의 얼굴일지

알 수 없어 침묵하는 CCTV
밖으로 비치는 나의 혀에는
수갑이 있어 나는 손을 뻗고
닿을 수 없어 주변을 보다

방탄유리로 된 옆면들에서
죄수들의 얼굴과 등을 보다
개 모양의 침대에 웅크리자
다들 벼룩처럼 웅크리고는
말로 벼룩을 낳는다

감옥이 비거나 외로워지는 건
내가 죽은 뒤의 일이라는, 말

지렁이의 꿈

거리를 무서워해 나타나기를 거부했다
구멍을 팔 때마다 차오르는 것은
죽음의 냄새를 품은 빗방울이었기에

토양을 비옥하게 만든다는 이유로
삽과 호미로 우리를 끌어올린 이들과
모일수록 커지는 악취를 이유로
겨우 놓은 마음을 부수는 이들 중

지상은 어느 쪽에 가까울지를 묻던 시절을
지금까지 팠던 굴은 말해줄 수 있을지를
물을 때마다 돌아오는 진동과 습기와 바람

이후를 채운 하나의 익숙함을 필두로 한
마음을 놓고 싶을 정도의 낯선 온도와
꿈에서 그렸을 것 같은 낯선 움직임이라

익숙한 온도를 느끼기 전까지는
움직일 수 없었던 게 아니었나 싶어
다시, 의문을 의문으로 채우고 있다

주의표지

표지판을 품어본 적이 있는지를
얼마 전부터 묻기 시작했기에
대화는 짧고 굵어지기 시작했고
쌓여 사이다로 갈증을 풀었다

한때나 지금도 살아있을 요금제를
누군가에게 적용하는 것도 사치인
지금은 도망을 쫓아낸 지 오래라
저들이 더 빨리 쌓이는 걸지도

몰라 한참을 걷다 보면 보이는
표지판은 표지판에 지나지 않는 듯
차들은 말을 앞지를 기세로 달리고
도로는 불규칙한 침묵을 이었다

같은 거리의 낮은 잠에 든 관심
대중교통 안의 번화가는 붐비지만
그조차도 우리에게는 자장가인 듯
꾸벅대다 자기만의 세상에 들어가
도시의 낮과 밤은 깨다 만 잠잠함이다

축구공

차이다 보면 묻고 싶다는 말을
들어서 아이들의 발에 올려도
돌아오는 것은 흙먼지였기에
포기한 지 오래인 말의 여백

이후로 빠지는 것은 공기와
발자국과 흙먼지였기 때문에
나는 창고가 더 편했나보다

무엇을 위하여 굴러본 적보다
무엇 때문에 굴러본 적이 많아
혼자서 구를 때마다 찾아오는
학생들의 모습조차 흐려지면

조금은 나가고 싶어질지도 몰라
더 많이 공기를 빼고 나서도
그대로인 것은 창고의 공기뿐

텅 빈 상태로 주변을 살펴보다
머리가 아파 위를 올려다보았다
이전의 질문들로 만든 무덤이 보였다

꼬리물기

아직 우리의 꼬리가 남은 것을
우리가 제대로 알고 있는지를
알려주는 것은 말이 아니었을까

그런 적이 없다는 사람들에게
가끔 말꼬리를 물을 때마다
놀라 뱉고 싶을 때가 있었다

혀와 손에 남은 짠 내와
풋내를 지우고자 샤워를 해도
빠지지 않아 무의미하다고 느껴

감각은 점점 무뎌지다
외로워 눈과 귀까지 데려가려다
미안한 마음에 무게만 놓아
눈꺼풀은 그것을 들어본다

말려있던 것들을 피는 마음으로
네가 듣기만 한 것을 엮어
돌아오게 하겠다는 마음으로
다시 말려도 덜 말리길 바라는 마음으로

곰인형 꾸미기

수줍음을 지닌 사람들이 있는 건
몸에 곰의 피가 흐르기 때문인지를
몇 년 전의 곰 인형처럼 물었던 시절과
지금의 사이에 있는 것은 무엇일까

침대 한구석에 짱박힌, 혹은 못 버렸던
곰 인형의 몸을 기운 그날의 질문들과
식었다가 녹기를 반복한 입술의 흔적
사이로 진작 햇살이 스몄기 때문인지

무엇인가를 격하게 안고 싶었던 그날
나는 침대 한구석에 있는 앞발을 들어
연신 심장을 어루만지다 핸드폰을 보다
달력의 어느 날짜에서 손길을 멈춘다

햇살이 살아나려는 2월의 중순에
집 앞 편의점서 술을 담은 초콜릿을 사고
포장지에 있던 리본으로나마 목을 감싸면

조금은 길었던 사이가 채워질까 싶은
순간을 짝사랑녀의 벨소리가 채워
그날의 침대는 더 따뜻했나 보다

감사라는 우주

등 뒤를 노릴 때마다
뒷걸음을 치던 너를
밀 때마다 숙인 고개 때문에

너의 목덜미를 잡고
들어와 침대에 너를 묶고는
낙엽처럼 종이에 너를 묻고

너의 존재가 퍼지기 전에
너의 이름을 뺏어
구석의 벽지에 바른 뒤

방문만 닫고 도망쳤던
몇 년 전의 벽지 색은
노란 점이 박힌 검은색
위아래로 생긴 노란색에

방문으로 바람을 보내자
너는 책갈피가 된 지 오래인
너의 종이들을 펄럭이다
부광하며 익숙한 얼굴이 된다

체기

체기는 속만의 특권이라 생각했다
안전과 질이 중요한 시간의 대지는
이전의 빠름까지 빨 리가 없거나
빨 여유조차 없다고 생각하기에

얼어버린 낙엽처럼 쌓이고 굳어진
시간을 깨는 것은 태어나지 않은
시간, 어쩌면 찾을 수 없을 무엇
너머에는 내핵이라도 존재할까

싶은 생각조차 녹여야만 하는 삶
체한다는 것은 고개를 들지 못한
8, 혹은 제대로 나뉘지 못한 0이
고개를 들 날을 기다리는 시간

누군가의 말이라면 고개를 숙이고
정한 곳으로 스몄을지도 모를
선에는 없을지도 모를 익숙함을
우리는 언제 이어줄 수 있을까

표현해야만 하는 것들조차도
녹이지 못한 시간을 잇는 것을
녹아버린 끈은 알고 있을까

낚싯바늘

반짝이지 않으면 반짝이가 아니라고
생각하던 시간의 포용력은 낚싯바늘
주위를 에워싸는 미지의 색들일지도
몰라 바늘은 바닥에서 몸을 웅크리고

꼬리는 허리에 바닥의 소리를 새기다
바닥에서 튀어 오르는 순간을 알아
꼬리로나마 자신을 문 것을 붙드는 걸까

바닥을 벗어난 순간의 색은 미지, 그러나
주위를 에워싼 것과는 다른 무엇이므로
누군가가 건져주기 전까지는 알 수 없는

시간 속에서 떠오르는 어느 가게
제 머리처럼 퀭한 사내가
손가락으로 모녀와 바깥을 가리켜
펄떡이고 짤랑이던 바늘을 집은

내 눈은 여섯 개의 눈 위에 올라
카트 금지라는 검은 글씨를 바라보다
그들처럼 갸웃대다 도착한 바다 한복판

고개는 낚싯줄을 통해 갸웃댐을 흘리고

바늘은 바닥에 닿고 싶어 몸을 웅크리다
꼬리로나마 자신을 문 것을 붙들고는
다시 한번 낚싯줄로 갸웃댐을 가져와

내 고개는 다시 한번 갸웃대면서도
너를 끌어올리다 바닥으로 보내기를
반복하다 너에게 끝을 주나 보다

감의 세계

맵거나 달다고만 생각했다
얼마 전부터 보인 세상은
달래주거나 달램을 받는
두 갈래 이상의 종이컵 전화기라

몇 년 이상의 단순함을 벗어나듯
나기 시작한 이빨은 실을 끊고
종이컵에 고이는 시간으로 자라
사이의 바람으로 소통하는 털들

아래로 어디까지 뻗을 수 있을지를
알려주듯 자라나는 음모와 생각들
뒤편은 뫼비우스처럼 차고 있거나
찬 지 오래되었을 시절들일지도

몰라 자취방의 뒷골목에서 우는
고양이의 옆자리를 통조림으로 사
고양이처럼 골골대던 시간은 새벽 두 시

달빛이 애인과 점장의 부재를 채워
일이 남긴 흔적들을 털다 든 고개로
등 뒤에 있는 그림자의 주인을 보았다

떨어졌거나 떨어질, 혹은 머물 생각인
감을 붙든 감나무의 그림자 안쪽은
검었다가 붉어지다 검어지고 있었다

『하루살이 남자의 이야기』

인생을 노래하며
보고 들은 말

세상이 등을 돌리고
밤이 하늘을 감쌀 때

짧게 감기듯이
머릿속을 스치는 주마등

당신의 시간 속에 살고 있는
한 남자의 이야기

시인 유상민

후회

세월을 살다 보면
나는 이렇게 살고 있겠지

부모님께 효도하고
훗날의 손자를 맞이할 준비하고

아리따운 손수건 하나
아이의 기념으로 장식하며

아빠 할아버지
보고 싶다는 말에

됐다 라는 부끄러운 미소 지으며
행복이란 삶을 살고 있겠지

어린 나이

내가 말을 많이 했을 때는
말을 듣고자 할 때였다

오늘 무슨 일이 있었는지
내일 할 일은 무엇인지

때론 울기도 하고
때론 화내기도 하면서

마냥 바라보며
웃기만 했다

잘잘못에 투덜대고
싸운 그날 밤엔

등 돌리고 있을 때면
언제 말을 하나 기다렸고

미안해 한 마디 하려
뒤를 돌아봤을 땐

내가 나를 바라보고
울며 끌어안고 있었지

메모지폐

아침 일찍 가게 문을 열고
품앗이에도 웃음을 잃지 않던

우리 엄마 아빠

꼬깃꼬깃한 지폐 한 장
손에 생긴 주름 때문일까

떨리는 손 억누르고
용돈 한 줌 쥐어주신다

메모장 하나 아까워
지폐에 생긴 연필 자국이

한 문장씩 늘어
다시금 나에게 돌아왔을 때

우리 아버지 어머니

축축한 지폐 여러 장
품에 고이 넣어 드렸다

모자에게 전해진 모자

아들, 엄마가 모자 사 왔어
여기 와서 한 번 봐봐

마음에 들지 않은 모자
색도 화려해서 내가 쓰면 안 어울리는 모자

못 이기는 척 써 보지만
정말 나랑 안 어울린다

나를 보고 아름답게 우시는 엄마의 모습에
평소에는 부끄러워 짓지 못한 미소를 짓는다

모자가 이쁘네요 엄마
엄마가 벗겨주실 때까지 매일매일 쓰고 다닐게요

몸도 마음도 더 이상 자라지 않는 내가
엄마한테 남긴 마지막 편지

엄마, 아빠가 항상 쓰셨던 모자를
제가 이렇게 써도 괜찮은 걸까요

치매

괜찮아
나 괜찮아

혼자 일어날 수 있어
혼자 걸을 수 있어

나 괜찮으니까
가서 볼일 봐

선생이 걱정해 줘서
난 너무 기뻐

발 한 쪽 끌며
턱 턱 걸어가는 뒷모습을

넘어지진 않는지
계속 지켜봤다

내 어릴 적 꿈은
선생님이었는데

엄마는 알면서
매일 말하는 걸까

주름진 손

한 손 꼭 쥐여주시던 우리 어머니

손에 물이 찰 때까지
꼬옥 잡아주던 닳은 손길이

왜 이제서야 느껴졌던 걸까

아들 손 틀까 봐
고이 둔 크림 한 번 바르고

또 한 번 꼬옥 잡아주었던
어머니의 주름 진 손

하나하나 펴 보려 했는데
펼수록 고생이 더해지는지

아들 손 엄마 손 둘 다
주름이 선명해지더라

엄마 손 주름이
이제야 다시 펴지는데

왜 눈을 감고 흐르는 눈물을 놓치는 걸까

나에게

못난 사람이라
미안해

결국 멋있는 사람은
되지 못했어

하늘을 나는 자동차도
바다를 가르는 기차도

아무것도 보지 못한 채
혼자 남게 됐어

나는 잠을 자야만 했어
이젠 밤을 새면서 보내

나는 갖고 싶은 게 많았어
이젠 갖고 싶은 게 없어

나는 엄마 아빠를 보고 싶었어
이젠 사진으로 늘 볼 수 있어

너는 내가 할 수 없는 걸 했어
나 멋있는 사람이 됐네

별을 달고 있는 꿈

선택은 인생에서
무수히 많았다

어떤 한 계기
나보다 누군가가 중요해져서

또 다른 계기
모두의 웃음을 보고 싶어서

그렇기에 나는
걸어가고 싶었다

만들어 놓은 길에
한 발자국을 남기고

한 선택을 존중해 주는
꿈을 다시 만나고 싶어서

향초

방 안을 가득 메우는
따뜻한 향을 만듭니다

불을 붙일수록
향은 점차 진해지고

시간이 지날수록
딱딱하고 차가워집니다

옆에서 따스한 온기로
감싸주어야만이

향을 빛내고
초를 밝힐 수 있습니다

불을 피우고
집 밖을 다녀오니

따스한 향이 났습니다
똑같은 향초에서

먼 길

꽃이 핀 길거리에
막대 사탕 입에 물고

해가 질 때 즈음에
술 한 병 산다

밤 추위에
주머니 손 넣고

입김 내뿜으며
저벅저벅 걷는다

따뜻한 조명에
고요한 방 안

저 왔어요
많이 늦었죠

소주 한 병
소리 없이 조용히 딴 후

술 한 잔 따라 드리고
나 혼자 한 잔 따르고

사진

그런 날이 있다
보내야 할 날들이

작게나마 울리는 소리에
귀 기울이는 것이 일상이고

숨 쉬는 법을 잊은 채
자연스럽게 살아갔다

생각을 멈출 수밖에
없는 일상 속에서

우연히 작은 거울을
꺼내게 되었고

깊게 들여다보니
누군가 손을 내밀고 있었다

손이 닿을수록 흔들리고
얼굴은 점차 가려졌지만

나는 웃으며
그 손을 잡으려 했다

한 장면

잊혀진다는 건
기억에 있었다는 것

어느 누구에겐
소중했던 한 순간도

희미한 물결에
쓸려갈 것을

이름을 외우고
손뼉을 맞대도

마주치는 소리에
눈을 게슴츠레 뜰 것을

알아도 모르는
한순간을 떠올리면

얼굴도 이름도 기억이 없는데
손을 맞대고 같은 음악을 들은

그 장면만큼은
기억이 나더라

작은 이야기

나의 작은 이야기가
생명 속에서 자랄 때

이야기 속의 너는
천사 같은 웃음 지으며

우는 어릴 적의 나에게
한 마디 건네듯

뽀얀 얼굴로
웃는 모습을 보여주었지

이제 와서 웃어봤자 라고
지친 맘으로 대답하던

유리 속에 비친 나에게
꽃 한 송이 보여주며

웃음꽃이라고
우리에게 안겨주었지

환각

조용한 음악에 시원한 밤공기

잔잔한 피아노는 내 귓가를 맴돌고
월광의 한 장면처럼 달빛 아래서 글을 쓴다

지극히 평범한 하루
매일 같은 하루가 되기를

어느 순간 잠에 들고
평온한 하루가 반복되기를

비가 오는 순간까지도 간절히 바랐다

새벽이 다 되어서야 들어오는 가족들을
하루도 빠짐없이 잘 다녀왔느냐며 안아주고

따뜻한 야식과 함께 술을 조금 곁들인다

술에 취해 잠이 들면
이른 아침이 되어

또 홀로 남아 글을 쓴다
이 모든 게 꿈이 아니길

생각과 더불어

아무 생각도 하지 않을 때
노래를 한 소절 불러본다

노래가 끝나면
또 노래를 부르고

가사에 담긴 감정들을
세세한 묶음으로 나누며

기억에 담은 과거를 떠올리고
생각에 빠진 미래를 그려본다

떠올리기 싫었던 악몽의 옛날은
떠올려야만 하는 나날이 되었다

생각에 생각을 더하며
깊은 심해에 몸을 던지듯 빠졌다

움직이지도 숨을 쉬지도 않는
일평생의 나날들

내가 상처라면

괜찮아
많이 아프지

울고 싶을 때 울어
천천히 지켜볼게

아플 때 아프다고 말해줘
묵묵히 들어줄게

괜찮다고 말할 때까지
옆에 있을게

이제 시간이 지나
흉터가 사라지고 있구나

아파하는 법 슬퍼하는 법
사랑하는 법 행복하는 법

다 알려줬으니
이제 난 떠날게

나를 잊고 훨훨 날아가렴
아들아

검은 사나이

손이 닿을 거리에서
뻗을 수 없었다

아름답게 펼쳐진 몸이 무서워
저 멀리 떨어져 있었고

나는 잡지 못한 손을
그 사람이 잡았을 때

행복이었을까
슬픔이었을까

지켜주려 했었는데
지켜보기만 했고

너보다 하루만 더 살게 해달라고
하늘에 기도하며 애원하던 내가

하루를 더 살아버려 나를 원망하고
사랑하던 가족들을 떠나보낼 줄은

예약 편지

너의 모든 것을
내가 바라본다 했다

계속 알아가고
알아봐 주길 기다렸다

한 번 말에
하루를 고민하며

말이 오고 가는
매일이 있었다

까만 밤에 뒤척이다
어릴 적 앨범을 꺼내기도 해보고

은은히 비치는 편지에
한평생 감정을 쏟아보기도 했다

연락이 오면 안 되는
너를 꺼내어 보다가

잘 지내고 있어 라는
말에 울음이 멈추질 않았다

무거운 바람

빈손에
가득 담긴 건

만질 수 없는
공기뿐이었을까

무언가 잡힌 듯
잡히지 않아

허무함만 남긴 채
가엾게도 떠나갔구나

빈 공간에
숨을 채우듯

바람도 하나, 둘
미련 남기고 떠나가는구나

하이라이트

환한 가로등 아래 전봇대에 기대어
오늘의 한탄과 쓰라린 아픔을 노래한다

무대 위 단독 조명을 받은 것처럼

주변의 바람과
아스팔트로 덮인 바닥은

나를 보고 웃기도 하고
비판을 보내기도 한다

오로지 감정에 충실해
울며 대사를 해봐도

아무 말 없이
똑같이 내 곁을 스치며

쳐다보기만 하다

조명과 함께
잔잔히 내려왔다

내 발에서 내는 박수 소리를 들으며

웃고, 울고

밝게 빛나는 조명 아래
술에 취해 걷는 사람들

앞이 보이지 않아
비틀비틀거리며 걷는 나

하나 얘깃거리가 들려오고
둘 걸음걸이가 오고 간다

어지럽고 힘든 낯선 곳
이미 늦은 새벽

밝고 따뜻하나
차갑고 공허하다

삶에 지친 자들이
하나둘 놓았기 때문인 걸까

네 다음 생에는

지치고 떨어질 때
놓아버린 끈을 다시 잡기에는

너무 멀리 와버린 걸까

이번 생에 놓은 삶을
다시 잡기에는

이토록 비참한 일인 걸까

다음 생에는 그다음 생에는
하루하루를 행복하게 여기며

살아가도록 노력해야지

또 다음 생에 태어난 나는
이마저도 행복한 삶이라며

깨달음을 깊이 여기며 살아야지

네 다음 생에는 행복할 거야
내 다음 생에는 행복이려나

전화 한 통

잠시라도 좋으니
받아주신다면

웃음을 맞이할 텐데

내일이라도 괜찮으니
소식 주신다면

눈물을 넘길 텐데

무덤덤한 나에게
추억이라는 존재를 준 사람

그 사람이 나에게
전화 한 통이라도 줬으면

이토록 바라는 날이
오늘이 될 줄은

머무르다

무릎으로 넘어지고
큰 멍이 들었다

아픔을 참지 못하고
눈물을 흘렸다

누군가가 왔으면
나를 지켜봐 줬으면

바라는 생각들이
마음으로 퍼져

더 큰 눈물을
쏟아낼 수밖에 없었다

언젠간 돌아온다는 믿음이
아픔에 씻겨 내려갔다

살이 까지고 머리를 박고
피를 흘리고 토를 해도

변한건 내 몸뿐이었다
마지막은 그대로인데

자책

아팠던 일기가
몸속 깊이 자리 잡을 때

이 손은 왜 저절로
원망의 글을 써 내려갈까

나 자신이 아팠기에
남을 돌볼 수 있었을 텐데

돌아가고 싶지 않은 과거에
내 발목이 묶여있었고

풀려날 때 즈음엔
내 손목이 부러져 있었다

아팠던 마음이
몸 밖으로 풀려나갈 때

이 손은 왜 저절로
바닥을 짚고 있었을까

하얀색

의식을 잃고
눈을 떠보니

익숙한 침대 네 개
나란히 놓여 있는 옷장

여기가 어디일까
오늘은 며칠일까

누군가가 와서
정신이 드시나요 라며

또박또박한 발음으로
천천히 물어봐 주었다

사고가 난 것도
심장이 멈춘 것도

아무것도 아닌 나는
왜 여기 누워있을까

하늘이 구름을 밀어낸다

창문으로 보이는 뭉게구름이
사라졌다

고개를 돌려가며
내 시선은 구름을 좇아가는데

한 없이 작은 창문 아래에서
귓속말 하나 없었다

다시 돌아올게
말이라도 해주지

아쉬움에 하루 종일
누워서 창밖만 바라보니

네게도 사정이 있었겠구나
싶더라

일 년

푸른 잎이
내 앞을 지나갔다

땅에 떨어질 때까지
일 년이 걸린 듯 시간은 길었다

나무에서 한 올 한 올
떨어뜨릴 때

내 고개도 하나둘
위아래를 떠다녔다

하루 종일 그 나무만 바라보다
잎이 언제 다 떨어지나 기다렸다

꽃잎을 잡아보기도 하고
용감한 말을 걸어보기도 하고

톡 하고 떨어지는 방울에 맞기도 하며
씁쓸한 일상을 얘기하기도 했다

얼마만큼 흘렀을까
우리 모습이 점차 비슷해진 건

나무 뿌리

한 없이 가벼웠다
내 몸 내 다리가

잠깐 숨을 고르면
무언가 성장하였고

하늘을 바라보며
날아오르고 있었다

길어질수록
땅에 발을 매였고

높아질수록
바람에 팔다리가 꺾였으며

굳세질수록
얼굴에 주름만이 가득해졌다

언제였을까
내가 마지막으로 울었던 날은

세월

누구보다 잘 나고
반짝이는 사람

될 수만 있다면
어떤 노력이든 다 할 수 있었다

못난 얼굴이 되기 위해
숨 몰아쉬며 뛴 것

바닥에 펼쳐진 내 몸과
발은 점점 편평해진 하루

허리는 점차 굽어지고
몸은 점차 굳어진 나날이

노력이었다는 것을
알게 된 건 오랜 후였다

내 마지막 심지가
까맣게 타 내려가는 모습을

꿋꿋하게 굳어가는 모순을
한 눈으로 보았다

여백

조심조심
발자국을 내딛고

혹여나 자국이 남을까
먼지가 날릴까

잠시 멈춰있다
다음 발을 내딛는다

까슬까슬한
나무 의자 위

책상 위 엎질러진
흰 도화지

연필 잡고
허공을 그리는

나 자신에게
보여주는 자화상

빈 공간

오늘의 그림

떠오르는 모습에
그림을 그린다

내가 보고 싶은
나의 옳음을

틀리더라도
믿고 싶은 것들을

오로지 흰색과 검은색으로
선을 그리고 칠을 한다

조명을 끄면 너의 모습이
조명을 켜면 나의 모습이

한 그림에서 보인다
마치 그림자처럼

흑백시인

자연스럽게 써지던
하나뿐인 말들은

점차 생각 속에
머무르게 했고

쓰다 멈춰버린 손은
나를 시험했다

행복을 느낀 뒤로
행복을 쓸 수 없었고

아픔을 경험한 후엔
뭐든지 쓸 수 있었다

우울에 빠진
슬픔을 노래했을 때

내 글은 왜
이토록 아름다웠을까

행운

어두운 방안 창문을 열어 둔 채로
밤하늘이 될 때까지 바라만 보았다

날이 추워 창문을 닫고 방을 살펴보니

바닥에 네잎클로버 한 송이가
나를 보고 있었다

두 손 살포시 모아
작은 꽃병에 옮기고

천천히 지켜보며
말을 걸고 웃기도 하였다

언제 들어왔을까 어디서 왔을까

너에게 물어보다가
목이 쉰 나를 보았다

내가 말을 할 수 있게
행운을 가져다준 너에게

내 진심을 전할 수 있어 기쁨만이 들었다

허탈

긴 여행이었으나
짧은 하루에 몸 매달고

하나뿐인 아픔이었으나
온몸으로 번져갔네

시간 가는 줄 모르고
하늘만 바라보니

이토록 초라하고
하염없이 맑았던가

견줄 이 없고
견제할 이 없는

나의 마지막 고향
마음속 꿈이여

뚝뚝 떨어지다 보니

머리 위에 방울방울 맺혀있는
자그마한 비 알갱이들이

가로등 빛에 비쳐
공허한 마음에 들어왔네

거리에는 밝게 지나가는
자동차 등과 핸드폰 불빛이

마치 밤하늘에 떠 있는
달과 별 같아

깊은 구석에 울리는 소리
가득 메웠네

뚝 뚝 떨어지는 빗소리를 들을 때
하늘을 날아드는 기분

창밖에 올라가 빗방울 맞을 때
하늘의 편안함에 날아드는 아픔에

뚝 뚝 떨어지다 보니
어느새 나도 떨어지고 있었네

오늘 내일

오늘을 보낼 때면
내일을 마주하겠지

멀리 떠날 때면 돌아올 곳이 있다며
울지 말라고 얘기했었지

오늘 하루를 살면
내일을 맞이하겠지

깊은 생각 들 때면 털어놔도 된다며
어깨를 빌려준다고 고백했었지

오늘이 지나면
내일에게 말할 수 있겠지

하얀 하늘에
짙은 회색빛 물들 때면

어제의 이야기를
시 한 편에 담아

오늘 내일에게 전해줄 수 있겠지

소문

무서웠다
홀로 남겨지는 게

미워하진 않을까
버려지진 않을까

걱정 속에서
가만히 있을 수밖에

없어졌다
듣기만 했던 말

이름 하나 지어준 곳에서
나를 부르던 목소리

흔적 없이 지워진 곳에서
들리기 시작했다

굵은 글씨체

점차 흐려지는
글씨를 보다가

다시 연필을 잡고
말을 끼운다

나도 모르게
잊혀지는 글에

지울 수 없이
덧칠을 하고 말았다

썼다 지웠다 한
까만 연필 자국

그 자국만이 보일 무렵에

세월을 같이 한 연필이
내 손에서 부러지고 말았다

내게 남은 것

이젠 아무 생각도 없이
적적히 글을 써 내려간다

내가 가진 모든 것들이
종이에 한 자 적힐 때

실수로 흘린 먹물 통에
가득 담긴 먹물이 쏟아져

남은 것은 한 문장 지을
먹물만이 남았다

무얼 쓸까 고민하다
짧게 남은 먹물에 또 고민하다

無라는 글자를 쓰고
그 위에 눈물을 한 방울 흘렸다

『내겐 너무 다정한 잿빛에게』

슬픔은 차오르고 우울은 쏟아져 내렸습니다.
젖어가며 침식한 나를 부정하며 흘린 눈물은
식어가는 몸과 다르게 꽤나 뜨거웠습니다.

번진 잉크의 흔적, 버석거리는 종이들
푸른빛의 색은 슬픔이란 깊은 바닷속
가장 어두운 색이었이었지만

사실 누구보다 내겐 따듯한 색이었으며
고개를 들어본 하늘은 유난히 빛이 났고
가장 좋아하는 색 중 하나가 되었습니다.

시인 강우성

상자

언덕배기 파란 철문에 사시는 어르신
제 몸만 한 손수레 이끄시고
하나둘 상자를 싣고 나르신다

지나간 자리에
떨어진 상자 한 장
밤새 소나기는 쏟아지더라

불어 터지고 밟히고 부서져
이리저리 산산이 조각난 조각들

정오에 꽃집을 지나가시던 어르신
오늘은 왠지 보이시지 않습니다

아마 물어 젖은 상자를 뒤로하시고
무성(無聲)의 통곡을 하시겠지요.

삶이란 공평하지 않다
살기 위해 밥을 한 움큼 욱여넣는 이가
있는가 하면, 잘 살아 보이기 위해
밥을 한 움큼만 먹는 이가 있다

매일 아침 제 몸보다 큰 손수레를
하루도 빠짐없이 묵묵히 끄는 어르신
바래진 모자에 색을 잃어간 머리카락들
점점 선명해지는 얼굴의 검버섯들

말을 붙여보아도 묵묵히 갈 길을 가십니다
아마도 폐지를 줍는 이들이 많아져
하나라도 더 주워야 하겠지요
점점 멀어지는 바퀴가 굴러가는 소리

어르신을 보지 못한 채 몇 달이 흘렀습니다
며칠 전에는 비가 매우 많이 내렸고요
언제 그칠지 모르는 비를 보며 생각합니다
물에 젖은 상자들은 값을 치를 수 없어
그날은 빈손으로 돌아간다는 사실을
그리고 그날엔 담벼락 옆
물에 젖은 손수레만 남아있다는 것을.

남겨진 이들에 관하여

영원이란 건 존재하지 않는다

부모는 영원하지 않으며
아이조차 영원을 기약할 수 없다

같이 웃던 이들의 모습은
어느새 그림자가 되었고

간절히 그저 순리를 기도하지만
남은 건 그저 쓸쓸한 옆구리

외로움 가득한 고요 속
남은 건 고립계 속 카타르시스.

응급실에는 모두 각자의 사유로 모여있다
그 곁에는 배우자, 부모, 자식 등
걱정이 어린 눈으로 환자들을 바라본다

분주한 상황 속 중년의 남성 둘이 들어온다
꽤 오래전부터 친구였던 것처럼 보인다

환자 인적사항을 확인하러 오신 간호사분
그들에게 보호자는 안 오셨냐고 물어본다

평온하지만 고통을 감내한 표정을 한 아저씨
나직하게 가족이 없다 하신다
남은 건 이 친구뿐이시더라

순간 찾아온 몇 초간의 정적

그리고 응급실은 다시 바쁘게 흘러간다.

여름의 기억

달보다 해를 마주 보던 시간이
길어질 때쯤 너는 바다를 그리워했다

동이 틀 때쯤 나란히 앉아
쌀쌀한 바람과 맞이한 붉은빛의 바다

하늘의 채도가 점점 진해지는 풍경에
같이 몸을 담갔단 푸른빛의 바다

어쩌면 담아두고 싶은 욕심에 바라본
너의 눈동자에 출렁거리는 주홍빛의 바다

능소화가 담벼락을 오를 때쯤
같이 있던 그곳을 그리워하는

그해, 여름의 기억.

우리는 낭만을 찾아 떠났다
낭만이라는 것은 정의할 수는 없었지만
같이 걷는 길조차 미소 짓게 만든다는 것을
우리만의 낭만이라 생각했다

우리는 유난히도 바다를 좋아했다
사는 곳을 서로 다르지만
바다와 맞닿은 적이 없는 곳이니
더욱 바다에 대해 갈망했을 것일 거야
처음으로 같이 몸을 싣고 날아간 그곳은
꽤나 푸른 빛의 풍경들이 가득했어
경계도 알 수 없듯이 광활한 수평선 너머
푸른 계열들이 서로 조화를 이루었고
불어오는 바람에 몸을 맡기며
눈을 감은 채 이 고요함을 즐기기로 했지
서로의 일상에서 지쳤기에 쉴 곳이 필요했으며
모든 걱정은 파도가 부서지는 곳에 두고 왔어

쏴아아
파도가 부서지며 우리가 내려놓은
모든 근심이 사라졌기에
웃음 지을 일만 가득하기를
탁해질 일상이 다가오면 또다시 함께이기를.

스위치

어둠이 싫어 불을 켜고
정적이 두려워
방안을 소리로 채운다

시끌벅적한 나의 관계가
어느 순간 조용할 때
나는 지레 겁을 먹는다

조금 아주 두렵다.

영화가 끝난 상영관은 매우 조용하다
그저 바닥을 쓰는 소리만 가득할 뿐
온 세상을 채우던 스피커도 침묵을 유지한다
어떠한 일들이 벌어졌는지 아무도 모른다

한때 지치지 않는 일상들이 가득했으며
내 주변은 항상 밝고 시끄러웠다
형형색색의 조명들과 사람들
그리고 오디오는 항상 빈 적이 없었다

하지만 주변의 이들은 자신의 색을 놓은 채
남들에 맞추어 무채색이 되어가고
점점 주변의 소리는 경적만 가득할 뿐
사람의 흔적은 먼지가 되어가고 있다

어쩌면 모든 이들이 떠나갈 때
나는 잘 버틸 수 있을까 생각해보며
억지로라도 숨 막히는 정적이 가득한
방 안의 소리를 무엇이라도 채워놓는다

이 밤이 고요로 남지 않기를 바라면서.

도향(桃香)

향수는 향기뿐만 아니라
그리움을 같이 담고 있다

문득 지나가는 냄새에
은은한 백도 향기를 맡았고

지난 여름의 날 내 곁에서
나를 달래주던 포근함이
바람과 함께 스쳐 지나갔다.

누구나 잊지 못하고 남아있는 기억이 있다
습관이든, 흔적이든, 향기든
가끔 마주칠 때면 그 시절이 생각나는

진한 섬유 유연제 향을 좋아하던 나는
마른 빨래 속 햇살 냄새를 좋아하고

사람을 매혹하는 강렬한 향보다
비 내린 비자림의 숲내음처럼
찾아오게 하는 향을 좋아하게 되었어

바다는 빠지는 것보다
그저 바라보기만 해도 행복하다는 걸
그동안 나는 몰랐던 거지

문득 이런 나를 돌아보았을 때
그 옆에는 당신이 있었기에
나는 조금 더 향기로운 사람 되었어.

손님

네가 닭띠니
우리 여덟 해 정도 차이가 나는구나

내가 너 나이일 때
우리 같이 흙먼지 날리며
같이 해를 저물곤 했는데

이제 서로 마주치면
어색한 눈길에 서로 땅만 쳐다보네

십여 년 전 걷던 그 길이 그리워
맞은편 작은 문방구를 가니
어느새 새치가 뒤덮인 주인아저씨
필요한 게 없는지
나를 높여 부르는구나

어느새 나는 아이가 아닌
한 명의 손님이 되었구나.

"안녕하세요."

늦은 11시 남자아이가 서둘러 뛰어와
승강기 앞에서 나지막이 내게 인사를 건넨다
서둘러 화답을 하려 했지만 이내 손을 내린다
아이의 귀는 무선 이어폰에 가려 세상과
단절된 것처럼 보였고 눈은 바닥만 바라본 채
고개를 툭 떨구고 있었다

모교 앞 문방구에는 모든 것이 변했지만
한자로 쓰인 간판만은 그 자리에 위치 해있다
과거 할머님의 흔적은 찾아볼 수 없이
아저씨 혼자 나를 맞이해 주신다

"어서 오세요."

손님에게 말을 건네는 것은 응당하지만
느껴오는 이질감이 참 어색하기만 하다
울면서 핸드폰을 빌리며 전화를 했었는데
고학년 형들에게서 도망칠 때도 숨겨주셨는데

어쩌면 그 추억들이 나만의 것이 된 것 같아
조금은 씁쓸한 순간이다.

당신의 조각들

넓은 등을 바라보며 쫓아간 후
바라보는 거뭇거뭇한 턱수염

발맞추어 걸어가며 문득 보이던
안경 뒤 주름진 눈가에 보이는 마른 눈곱

다시 마주한 어깨 비로소 보이는
머리를 뒤덮은 흰색 가닥들

늦추기에는 너무 빨리 와버린
넓은 등의 발걸음.

발걸음이 빨라질수록
아버지의 발걸음은 느려져만 간다
각자의 보폭은 다르지만
어느새 어깨를 열 맞추어 걸어가는 모습

나의 종종걸음을 보며 걸어가시던 당신,
이제 내가 그 앙상해진 다리를 보며
그림자에 발을 맞추어 걸어간다
멈추지 않아도 조금 느리지만
이제야 비로소 보이는 세월의 흐름

점점 늘어가는 약의 종류와 기침의 빈도
팔다리는 앙상해져만 가는데
야속하게도 배는 점점 커져만 간다.

사랑, 사람 그리고 삶

사랑과 사람
삶과 사람

사람과 사랑
삶과 사랑

사랑과 삶
사람과 삶

삶에 사람을 사랑했고
사람과 삶에 사랑하고
삶을 사랑하기에 사람이더라.

살아오면서 문득 뒤를 돌아봤을 때
힘든 일은 주로 사람에게서 일어나더라
물론 기쁘고 행복한 일도 사람에게 피어나며
사람에게 사랑은 그만한 가치가 있더라

사랑하고, 미워하며, 아끼다가, 외면하고
지치다가 일어서고, 잠시 손을 놓다가,
잡기 위해 발버둥치며, 상처받고,
언제 그랬냐는 듯이 아물고, 증오하고, 애정하며,
죽을 것 같다가도, 죽을 듯이 사랑한다
결국, 사랑해서 떠나고, 사랑해서 찾아오며
사랑하기에 곁에 두고 살아가는 것이기에
사랑하는 삶 자체를 사랑한다

사랑을 사랑해서 살아가며
죽어가면서도 사랑하기에 사람이더라.

이끌림

무엇인가에 이끌린다는 건
사과가 땅에 떨어지듯
N극과 S극이 서로 마주 오듯이
이끌림에 따라가는 것일 거야

강하게 끌린다는 건
분명 이유가 있지만
그저 마주하고 받아들이자.

듬직하고 사근사근한 친구가 있다
탄탄한 육체와 다르게 꽤나 세심하고
누구에게도 잘 다가서면 허물없는 친구이다
언젠가 친구는 조심스레 내게 말을 건넸다
"나 사실은 남자를 더 좋아하는 거 같아."

짐작은 하고 있었기에
막상 직접 들었을 때 크게 놀라지는 않았다
몇 초간의 침묵을 어떤 말로 깨야 할지 몰랐고
마침내 입은 먼저 연 것은 나였다
"…혼란스러웠겠고, 지금은 그래서 어떠냐고."

사람은 누구나 사랑에 빠지는 순간이 있다
그도 누군가를 만났을 때 그런 감정이 들었겠지
하지만 남들과 다르다는 것이 혼란스러운 거지
그렇게 마음을 움직이게 된 걸 깨달은 순간,
온전히 받아들이는 순간에 관해 이야기를 했고
우리는 평소와 같이 시시콜콜한 대화를 나누었다

선뜻 속내를 드러냈다는 건
혼자 감당하기 힘들어서 손을 내밀었던 거지
그저 나는 그 손을 잡아주며 용기를 예찬하며
우리는 비밀과 추억을 가진 채 돈독해져 갔다.

야래향

언제 오시려나 그대는
돌아선 그 끝말을 돌아오겠다 하던
그대는 내게 오지 않네

달빛과 함께 찾아온 그대는
한 줌의 물망초처럼 또다시 사라지네

어둠에 그대를 가둘 수는 없는 법이야
나를 잊지 말라 하였거늘
어느새 동은 트여오네

빛을 따라 저무는 그대를 뒤로 한 채
떠나는 길은 밝아오고

아 아
떠난 건 그대가 아닌 나였구나.

살아온 나날들을 곡선으로 그려 보았을 때
인생 최고점과 최저점을 볼 수 있어

내게도 소용돌이에 이끌려
바다 저 깊은 곳으로 빠져들어 갔었지
인간관계에 대해 많은 실패를 경험하고
정해져 있는 틀에 몸을 억지로 욱여넣었고
내외적으로 아주 고통스러웠지만
그곳엔 나만 있기에 그게 최선이라고 생각했어
수동적이고 어두워서 누구도 담아둘 수 없는
다른 의미로 가득 채워진 사람이 되었어

물론 많은 이들은 내게 다가와 주었으며,
내게 한 빛의 달빛과 별빛이 되어 주었지
하지만 그 빛을 바라보기만 할 뿐
닿을 수 없기에 다가설 용기는 나지 않았고
그렇게 나 혼자 그 새벽을 지내왔어

점점 밝은 날이 찾아와 웅크린 몸을 일으켰고,
내게 손을 내밀어 준 그들에게 가려 했지만

빛은 이미 사라진 지 오래였던 순간이었어.

그 또한 괜찮기에

해를 향해 던져라
닿지 않아도 구름이 될 테니
더위에 지친 자들의
타는 목마름을 덜어 줄 테니

달을 향해 달려도 좋아
부서지더라도 별이 되어 빛나고
떨어져도 모두가 너를 보며 기도하리라.

도전하기에 어려운 시절, 무작정 달려들기엔
잃는 것이 많았기에 도전조차 망설여졌다
그러기에 실패가 없는 완벽을 추구했고
'도전'이란 단어는 해가 지나도 입지 못해
먼지만 쌓여 그대로인 옷처럼 잊혀갔다
어느새 몸과 마음은 지쳤고
남은 건 입지 못한 옷들과 후회였다

얻는 건 없고 잃어갈 것은 많기엔
속절없이 무의미하게 잃기가 싫었다
그러기에 무엇이든 도전했지만
물론 생각만큼 얻지 못하고,
실패하며 몸과 마음은 지쳐만갔다

하지만 그때의 나를 돌아보기에
꽤나 좋은 사람 우직한 사람이 되어있었고
툭툭 털며 일어날 수 있는 사람이 되어있었다.

시간이 달라서

미래가 두려운 것은
인생은 예상치 못할 때
남 일일 것만 같은 일들이
내게 찾아오기 때문이다

실감이 잘 나지는 않았다
그저 시간이 맞지 않아
만나지 못할 것이라 생각할 것이다

밤하늘의 별조차
그저 빛날 뿐
너라고 생각하지 않는다.

몇 해 동안 연락이 없던 너의 소식을
다른 사람을 통해 들었을 때는
솔직히 믿기지 않았어
이런 장난은 선을 넘었다고 생각하며
조금은 의식을 했지만
누구보다 너를 잘 아는 사람들이
너의 SNS에 남긴 글들을 보고
의심은 확신이 되어 다가왔지

몇 년 전과 너는 같은 모습인데
조그마한 액자와 작은 틀 안에 놓여있구나
항상 모든 이에게 친절하고
인간관계가 둥글둥글 원만했던 너는 이제
각진 공간 안에서만 볼 수 있다는 게
너무 서글프고 자꾸 눈물은 차오르네
하지만 나는 울지 않을 거야
다시 만날 때에는 웃으면서 보자 했었어
다시 만나자며 헤어지던 그 순간처럼
우리 마주할 때는 슬픈 표정 짓지 말자

그러니 다시 너를 찾으러 갈 때까지
너는 평온의 나날들을 보내고 있으렴.

내겐 너무 다정한 잿빛에게

순수했기에 더욱 뜨거웠던
붉은빛의 나날들

우울함에 잠식되었던
진한 남색의 나날들

누구보다 빛이 나고
빛이 돼주었던 광명의 날들

잿빛이 되고 조금 더 잠식되었으며
이제 그 이면엔 어둠이 드리운다

내게 잿빛은 너무 다정했다.

문득 먼 훗날의 나를 돌아보기보다
과거의 나를 돌아보는 날들이 많아졌다

뜨겁게 타오르던 마음의 횃불들은
거센 바람 앞 위태롭게 흔들리고 있고

나를 비추던 빛들은 점점
수평선 너머로 기울어지더니
그림자는 점점 어둠 속으로 사라졌다

오늘도 추억이 되고
점점 잿빛이 되어 가겠지

홀홀 털어낼 수 있기를
조금은 나였던 것들을 사랑하기를.

한기

인적이 없는
운 적이 없는
온 적이 없는
연 적이 없는

햇빛은 원망스럽게도
한번도 쉰 적이 없는.

한 해가 넘어갈 때쯤 뉴스에선
안타까운 소식이 가득하다
준비하지 못한 채 쓸쓸히 떠난
이들의 공간은 공허하기만 하다
정리되지 않은 흔적들과 마른 음식들
한기조차 옥죄는 공간에서
그저 고요함만이 집을 가득채운다

그들이 아닌 존재가 오기는 했던 걸까
더 이상 흘릴 눈물조차 없어
입술이 마른 채 덤덤히 살아오시던 걸까

태양은 모든 걸 낡고 빛바래게 만드는데
때가 탄 벽 하나를 사이에 둔
그곳에는 온기가 닿지 못했던 걸까

홀로 남은 이들은 누가 달래주는 걸까.

건성(乾聲)

날아온 단어들은
생기가 없어
귀속에서 머물지 못한 채
바짝 말라만 간다

힘을 주면 바스러질까
불을 붙이면 활활 타서
재가 되어 날아갈까

생기를 잃은 말들은
서로의 침묵에 놓은 채
바람 불어 멀리 날아간다.

대화라는 것은 특수한 경우를 제외하고는
두 사람 이상이 말을 통해 의사소통을 한다
말은 쏟아버린 물처럼 주워담기 힘들며
그 말은 자신을 포함하여 우연하게도
누군가의 귀에 들어가 머물기도 한다
머물며 맴도는 말들은 스며들어
동기와 활력이 되기도 하며
진정과 감정을 움직이는 역할을 한다

하지만 모든 말이 다 흡수되는 것이 아니다
조리가 끝난 프라이팬의 기름처럼
결을 따라 내려오는 나뭇잎의 물방울처럼
그저 제자리에 머물다가 사라져 버린다
받는 쪽에서 흡수할 준비가 되지 않은 것이다

그저 일방적인 위로와 사과라면
그저 말을 할 뿐이기 누군가에게 전해지지 않는다
불타는 감정에 달아올라 과열이 된다면
내뱉은 말은 그저 말라버린 말들이 탈 순간이겠지
나 혼자 그을린 채로 식어가는 거겠지.

잊힌 모든 것들에게

무덤덤하고
쓸쓸해하며
기쁘고, 아련하며
보고 싶고, 그립고
모질기도 했지만
생각보다 많이 아껴주었던.

스물둘, 계절이 바뀔 때쯤 나에게 썼던
잉크가 옅어진 채 소식이 끊긴 편지들

포항, 동해 바다 너머 먼 곳에서 온
그 계절의 느린 엽서 한 장
잠 못 들던 밤, 비 내리는 소리를 들으며
써 내려갔던 주제 없는 글들

모든 감정이 남아있고, 그때보다 나았으며
모든 순간이 나였다

잘 지내고 있느냐는 나의 말에
구태여 대답해줄 수는 없지만
지금 대답하는 것이 지금보다
더 내가 되어가는 너에게는 건넬 수 있을까

이 또한 온전히 글씨의 잉크가 마르기 전
너에게 닿기를.

소나기

"앞만 보고 걸어가."

소식 없이 찾아온 소나기는
내 고개를 떨구게 만들며
나의 뒤통수를 내리꽂는다

가진 건 젖어가는 지폐 몇 장과
물방울이 맺혀 흘러가는 핸드폰
그리고 젖어가는 몸

뛰어야 하는데
어디론가 숨고 싶은데
나도 젖기엔 이미 잠겨버렸는데

유난히 오늘의 비는 아프기만 하다.

우울의 늪에는 아무도 찾아오지 않습니다
비가 내린 늪은 빠르게 턱 끝까지 차올라
나를 깊은 곳으로 잠식되게 만듭니다

세상과 차단되어 공명 소리 가득한 공간
누구나 침범할 수 없지만
누군가 구해주길 바라며
같이 잠식될까 두려워 손을 뻗지 않습니다

생각보다 얕고, 끈적거리지 않으며
일어서면 숨을 쉴 수는 있지만
손을 뻗을 용기가 없기에
일어나기에는 내면까지 깊이 차 있어
흔들리는 불투명한 수면을 통해
빛이 내리쬐는 세상을 관망합니다

소리쳐도 공기 방울만 빠져나올 뿐
다시 고요함이 밀려오는 나의 우울의 늪.

염원

사람이 너무 싫다
너무 좋다가도
미칠 것 같이 나를 울리게 한다

내 눈물이 흘러도 보이지 않을 곳으로
지쳐 비틀거리며 쓰러져도
평소와 같이 흘러갈 곳으로
누구도 나를 알아보지 못하도록

동해, 해변의 끝에서.

작은 불씨에도 산불이 나는 것처럼
금이 가 졸졸 새어 나오는 물이
방류 둑을 무너지게 하는 것처럼
틀어지고 상처받고 주는 감정들이
점점 커져 나를 울부짖게 만들었다
이미 이곳의 공기는 나를 옥죄게 만들었고
서둘러 제일 가까운 시간의 차표를 끊어
몰락하는 해와 반대로 달려갔다

도착한 곳은 동해의 바닷가
무작정 해변 길을 따라 걸었다
바지가 젖어도, 조금은 비틀거리며
넘어져도 다시 툭툭 털며 걸었다
그렇게 걷다가 뒤를 보았을 때
불규칙한 걸음에 파인 흔적들은
파도가 훔쳐가 나의 존재를 지웠다

울었다 무엇이 서러웠는지
작은 신음과 눈물이 새어나왔다

사람들의 시선은 잠시 나를 향했다가
다시 그들의 대화 속으로 빠져든다.

순수함에 대하여

때 묻지 않은 사람과 지낸다는 것은
다시 한번 자신을 돌아보게 된다

많은 일을 겪어오면서
가치관 사람들을 대하는 방식이
변함과 동시에 조금 더 확고해짐을 느낄 때

아무것도 알지 못하는
때 묻지 않는 순수한 이와
같이 지낸다는 것은

그 시절 나에 대한
향수를 일으키기도 한다.

사람은 백지와 같다
물론 자신의 고유 색이 있지만
그만큼 쉽게 물들며 다양한 색으로 변해간다

우리는 살아오면서 다양한 사람들과 만나며
서로 얽히고설키어 서로에게 영향을 주며
인생의 방향을 바꾸기도 한다

그러면서 언젠가 나를 돌아봤을 때
여러 가지 색으로 물들어 있는 나를 보며
다른 이들도 나와 같은 모습이기도 하다

그러기에 순수함을 가진 이들을 보았을 때
조금은 타인의 색이 아닌
그들의 고유의 색을 찾아가길 바란다

이미 물들어 버린 나에게는
다른 색을 찾으려 해도 흔적들이 남지만
그들은 새로운 색을 찾아갈 기회가 있기에
조금은 부러워하며 응원한다.

한림, 밤바다

한림 밤바다에는
밤낚시를 하는 이들이 가득하다

너울거리는 까만 밤바다 위
저마다 빛나는 불빛을 바라보며
고요한 정적이 흐른다

"영-차."
윤 씨 아저씨
제법 큰 고기를 낚았다

그 자리에서 회를 쳐
막걸리 한 잔과 삼킨다

그리고 다시 낚싯줄을 내던진다
"퐁당."

누구도 찾지 않은 곳을 가고 싶다

너무 알려진 곳은 사람의 흔적들이 강해서
내가 무엇을 위해 찾아온 것인지
가끔 혼란이 올 때가 있다
그래서 사람의 때가 묻지 않은
그런 곳을 찾아 떠났다

한림, 일몰이 아름다운 제주의 서쪽 해변
사람이 없는 곳으로 조금 더 들어가 본다
마침내 해가 지고 어둠이 찾아오며
길거리엔 정적과 고양이만 가득하다
칠흑 같은 바다와 부두 사이에
어떤 이가 낚시를 하고 있다
그저 옆에 걸터앉아 있다 보니
어느새 이야기를 나누고 있더라

내려온 지 꽤 오랜 시간이 흐른 아저씨는
그저 밤낚시 하며 시간을 보낸다고 하더라
일상이 되어버린 평범한 날들
특별한 나날들도 누구에겐 평범한 일상

오늘 밤은 그의 일상 속에 스며들기로 한다.

꽃은 피어도 소리가 없다

초판 1쇄 인쇄	2024년 12월 6일
초판 1쇄 발행	2024년 12월 19일

지은이	이충호 서덕인 최영준 유상민 강우성
펴낸이	이장우
편집	송세아 안소라
디자인	theambitious factory
마케팅	사유와 문장들
제작	김소은
관리	김한다 한주연
인쇄	KUMBI PNP

펴낸곳	도서출판 꿈공장플러스
출판등록	제 406-2017-000160호
주소	서울시 성북구 보국문로 16가길 43-20 꿈공장 1층

이메일	ceo@dreambooks.kr
홈페이지	www.dreambooks.kr
인스타그램	@dreambooks.ceo

전화번호	02-6012-2734
팩스	031-624-4527

ISBN	979-11-92134-84-0
정가	13,800원